EVENA エベナ

椎名　誠

集英社文庫

目次

本文デザイン／桐野太志（Balcony）

EVENA エベナ

横断する人

「だけどよ」

カウンターの一番端に座っている太った男が、さっきと同じくらいのしまりのない声で言った。どのくらいかわからないけれど、かなり長い時間そうして無目的にチビチビ飲んでいる声だ。少しよれた縞《しま》シャツの袖をまくり、目立ちすぎる金色の腕時計がブレスレットみたいだ。たぶんそいつの自慢のひとつなのだろう。

外は強弱のある雨が降り続いていて、おれはまだ体のいたるところが濡《ぬ》れていた。それに当然だろうけれど右の腕と足が痛かった。大きな怪我《けが》はしていないようだったけれど、どうやらかなりの打撲を負ったみたいだ。おそらくおれはいまだにアドレナリンが噴出しまくっているのでその痛さを本格的にわかっていないだけなのだ。でもそれは仕方がない。おれはちょっと前に雨に濡れた草だの小石だのがまざったかなり急な斜面を半分ころがるようにして降りてきたばかりなのだ。

「こんな時間だったら、何時《いつ》もああしはこうしてここにいるのに、あんたは見たことがないね」

太った縞シャツ男はカウンターに片肘をつき、嬉《うれ》しそうに言った。その頃には、そいつが言っている「ああし」というのが、自分のことなのだ、ということがおれにもわかってきた。「あたし」でもなく「わたし」でもなく「わし」でもない「ああし」なのだ。でもそんなことはどうでもいい。問題なのはここがどのあたりなのか、おれにはまだよくわかっていないことだった。

夜更けの高速道路をエベナのひらべったい錠剤を齧《かじ》り、小瓶の黒ビールでそれを喉から奥のほうに流しこみながら酔っぱらいのカントリーウエスタン「ホンキイトンクメン」をいかれた英語でがなりながらピックアップトラックを運転していたのだ。その少し前のパーキングエリアでは、持ち込んでいたポケットウイスキーを運転席で座ったまま飲んでいたのでその頃からすこぶるいい気持ちになっていた。アルコールのあとにエベナを齧ると、幸せになっておれはすぐに歌をうたいたくなる。雨足が少し弱くなってきたときで、ワイパーはガラス面を滑るのに小雨では水分が足りないのかいくらか軋《きし》みながらおれの歌のリズムにいつでもあわせますよ、とキリキリいっていた。何もかも申し分ないくらいにここちいい状態だったのだ。

「だから聞いていいかな」

カウンターの縞シャツは卑屈に少しニヤついた顔で言った。その親父からいったらおれはいいときにいきなり迷いこんできたおあつらえの獲物みたいなものなのだろう。

「でも、それだったら、こっちもひとつ聞いていいですか」

おれはカウンターの前に座るのと殆《ほとん》ど同時に注文した濃いめのハイボールの二杯めを飲み干してからそう返事をした。この店に飛び込んできたときに猛烈に喉が渇いていたからそれはすこぶるうまかった。でもたぶんそのハイボールはそこらの酒問屋が持ち込んだ安ウイスキーと炭酸ソーダと氷をまぜてかきまわしただけのまったくどうってことのないハイボールなのだ。そのときおれは緊張と興奮となんだかわからない怒りと恐れが体のなかを複雑にからみあって駆け回っていたからきっと必要以上にうまく感じたんだ。

でもとりあえず一応まともなハイボールが作れるのだからその店はこんな田舎町《いなかまち》には珍しいちゃんとしたバーだったんだろう。

表に古いネオン看板がチカチカいっていた。品のないピンク系の文字がただ点灯しているだけの横着なやつだ。しかもネオン管のどこかが壊れているらしく、小雨の中に漏れた電気がときどき竜の舌みたいにチリチリ跳ねて踊っていた。それを見ておれはあの男がきっとここに逃げ込んだに違いない、と確信して店のドアをあけたのだった。なかは思ったよりも暗く、五、六人座ればいっぱいのカウンターと、だいぶ照度を落とした向かい側の壁ぞいに四、五人用とせいぜい二人が向きあえるくらいのボックス席があった。カウンターのなかに化粧疲れと人生疲れしたような中年の女がいて、愛想もなにもなしにハイチェアにおれを座らせると、黙ったままおれの注文したものをつくってくれた。

客は縞シャツ親父のほかにやっぱり中年の男と女がいた。その二人はボックス席で殆ど抱き合うようにしてぐったりしていた。男はうつむいていたが女はいきなり入ってきた知らない客を値踏みするようにしておれのほうをむいていた。暗すぎてよくわからなかったけれど、いやに白くて大きな顔をして鬘《かつら》みたいに濃くて長い髪をしていたからこの店の女のようだった。こんな小さな店に二人も女がいるんだとしたらずいぶん贅沢《ぜいたく》な話だ。

おれは顔の大きな女の隣にいる男のほうをそれとなく観察したが、おれが追いかけてきた奴《やつ》とはあきらかに違うようだった。あいつだったら、よほど馴染《なじ》みでもないかぎり、こんなふうに素早く店の女と抱き合うばかりの状態にはなれっこない。それにそこでうつむいている客もカウンターの縞シャツ親父のように腹の突き出ただらしのない体をしているようだったからあんなふうに道路を走れる筈《はず》がなかった。

「聞きたいことは何？　ああしの知っていることだったらなんでもおしえるよ」

縞シャツが物分かりのいい教師みたいな口調で言った。

「おれがここに入ってくる前に男が一人ここに入ってきたか、あるいは入り口で顔だけでも出さなかったかな、ということなんだ」

おれは慎重にそう言った。

でも聞かれた親父が喋《しゃべ》る前に、カウンターの中の、さっき縞シャツがママと呼んでいた女が煙草掠《たばこがす》れした声で「あんた何を言っているのよ」とヘンに抑揚のない喋りかたで言った。

「この店はね、八時からあけるんだけど九時すぎにそこにいるお二人さんがきて、それっきりなのよ。こんな田舎町じゃカラオケがない店なんて客は多くて三人ぐらいしかいないんだから」

そのときわかったのだけれど、この店のママは四〇から五〇歳ぐらいで、本当はいい顔だちをしているようだった。でも冗談のつもりなのか、口紅を必要以上に太く塗っているので、正面をむいてなにか喋ると赤い輪が口のまわりで勝手に大きく広がったり縮まったりして、まるで赤い「わっか」が顔の下のほうで勝手に踊っているみたいだった。

おれは返事に困り、しばらく黙っていると急に神経に痛覚が戻ってきたようで、いましがた痛めた右腕と右足がキリキリいってきた。おれはもう一杯ハイボールを頼み、ママがそれを作っているあいだにズボンのポケットから苦労してもう二錠のエベナをひっぱりだし、口の中にほうりこんだ。こいつをやっていると頭の芯がいかれてくるのと同時に足や腕だのの神経だって鈍麻させてくれた。気がつくと、おれがいまエベナを口の中にほうりこんだのを縞シャツは相変わらず片肘をついてずっと見ていたようだった。不用心だった。でも灯《あか》りの暗い店だったから頭痛とか胃の薬を飲んだぐらいにしか思わなかっただろう。もっともそれも縞シャツの視力がよかったらの話だったが。

「どんな男を探しているんだね」

縞シャツがさらに聞いた。

「まっくろな服を着てる奴です。上下ともにね。ドロボウみたいな恰好《かっこう》ですよ」

縞シャツは笑い「ふーん。それじゃあんたと同じようなもんじゃないの」と言った。なるほど自分の服装をみるとそのとおりだ。でもカウンターの中のママはまるで無反応だった。

「お、おれ、おれ……」

と、ボックス席のほうでもう一人の親父の喋る声がした。「お、おれ。少ししょんべんしてくる」おぼつかない動作でボックス席から立ち上がるのが視野の端に見えた。

「マリちゃんそばについて行って」

赤い「わっか」が開閉し、ママが言った。

便所にむかって歩きはじめた男は、おれの追ってきた奴とは絶対別人だということがわかった。あれじゃあ自分でズボンの前のファスナーをあけられるかどうかさえわからない。おれは黙り、縞シャツは携帯電話で誰かと話をはじめていた。おれは手もちぶさたになってハイボールのお代わりをし、そいつを半分ぐらい飲んだところで、意外に早くマリちゃんと小便男が戻ってきた。

「三分もアサガオに向かっていたけどヒトタレも出やしねえ」

それにしても、さっきの道路のあいつは全体の動きが奇妙にぎこちなく、おまけに足までひきずっているようだったのに一途《いちず》にむりやり走っていた。そうしてそいつはおれの運転しているピックアップトラックのヘッドライトの前にいきなりあらわれたのだった。じっさいカウンターに肘をついた縞シャツにそのときのことを詳しく話したくてたまらなかった。

そいつは真夜中の高速道路を走って横切ってきたんだ。しかも雨で視界の悪いなかをだ。おれがブレーキをかける一瞬前におれのクルマの前を通過していきやがった。おれの急ブレーキのすぐあとにドカンという衝撃がきておれはクルマごといったん宙に少し浮いたようだった。おれにぶつかってきたのはおれのすぐ後ろでしきりにパッシングをしていた二トンぐらいの幌《ほろ》つきのトラックだった。対向二車線しかない田舎の高速道路だから、幌トラックの運転手はおれを抜けずにたぶんずっと苛々《いらいら》していたんだ。おれはエベナといろんなアルコールのおかげですっかりいい気分になっていたので、しばらく後ろのトラックのパッシングさえ気がつかなかった。

だいたいおれはちゃんと法定速度で走っていたのだからパッシングなんかしちゃいけ

ないのだ。おれの歌っている「ホンキイトンクメン」のリズムには法定速度ぐらいがちょうど合っていたのだから。

おれの前を脱走したばかりの猿みたいな恰好で走ってきた奴は、おれが急ブレーキをかけるのと殆ど同時にガードレールを飛び越えた。そうだ、ハードル競走のようにだ。それも知らないでパッシング野郎はきっぱりおれの車に追突してきた。それからおれの記憶にあるだけでドカンドカンの連続だ。衝撃音は三回だか四回は続いたからそれだけ背後で多重追突した、ということなんだろう。おれの車はすぐ後ろにいたトラックに突き飛ばされて、脇のガードレールのほうにねじまがっていき、嫌な軋み音を連続させて斜めにかしぎながらもなんとか路肩に止まった。でもおれの後ろに連続してぶつかってきたクルマが実際どういう状態になったのかおれにはわからない。何しろ凄《すご》い音がしていたんだ。長雨に濡れて路上は最悪の状態だったから後続のクルマはどれもブレーキだけではまったく制御できなかったのだろう。

おれは車のなかでずっとビールを飲み、エベナの錠剤をかなりかじってラリっていたけれど、ちゃんとシートベルトをしていたので、いきなりの追突に頭をフロントガラスにぶつけたり、反対方向に飛び出す、ということもなかった。それよりかおれは怒りまくっていたので、おれに急ブレーキをかけさせて、結果的におれに続いていた何台かの後続車をひどい状態にしたあの猿みたいな男をなんとしてでも捕まえなければ、と思った。それでおれもガードレールを乗り越えて、それから下に続く草のいっぱい生えた急な斜面を何度も転びながら駆け降りてきたのだった。

　高速道路の下の長い斜面をおりると、その下はこの田舎の町の旧道になっているらしく道路沿いに何軒かの家が並んでいた。むかしはちょっとした商店がとびとびにあって、その前の道路をのんびり車が走っていた、というような風景だった。おれは斜面を転がり降りたあとその道の左右を眺め、少しでも電灯が点《つ》いている方向を目指して二〇〇メートルぐらい歩いた。おれが追ってきた「横断してた奴」の気持ちになれば、事故現場から少しでも離れた方向に行くだろうと思ったからだ。

「で、そいつはいくつぐらいだったかね。そいつがここらの若いのだったら、ああしの知らない奴はいないよ。だってああしはこう見えてもここらの町の校長だったんだもの」

　電話を終えていた縞シャツは、さっきからそれを一刻も早く言いたいようだった。さっきおれが思った（物分かりのいい教師みたいな口調）というのは正解だったのだ。

「でも、そのまえになんであんたがそいつを追いかけていたのか知りたいけれどね」

　縞シャツは案外まともなことを言い、おれはどう答えようか迷っていた。

　あの事故はここから二〇〇メートルと離れていないところでおきているから、この店の人はじきにその惨事を知ることになるだろう。

言おうかどうか迷っていると、ふいに店のドアがあいた。雨音からいってまた強く降ってきたようだった。

もぞもぞしたかんじで大きな男が入ってきた。スキンヘッドの外国人で、その後ろに日本人の女が隠れるように立っている。おれの席から見ると入り口は対角になるのでよくは分からなかったが、三〇代ぐらいの派手な服を着た女だった。男は片手で自分の顎のあたりを無意味に掻《か》きむしり、何か言った。英語ではなく、よくわからない言葉だった。それに大男のわりには声がウサギみたいに小さい。でもちょっとまてよ。ウサギは何も声はださなかったような気がする。まあいいや。エベナが効いてくるといろんなものが見えたり聞こえたりするものなんだから。

「もうここは駄目よ。この前でこっちはこりごりしたんだから」

カウンターの中のママの口のまわりの赤い「わっか」が大きくなったり小さくなったりしながら煙草掠れした声がそこから出てくる。つっけんどんな言いかただった。大男のそばに隠れるようにして寄り添っている女が大男に小さな声で何か言った。

「ママ、おかね、あります」

大男が、今度はゆっくりした日本語で言った。

「おかねじゃないのよ、まったく」

ママは帰ってくれというように二人組にむけて手の甲で二、三度振り払うような手つきをした。

「むこうの町に行けばいいじゃないの。道路の反対側のさ。あっちなら商売だから、すぐ入れてくれるよ。あんたその人にそう言いなさいよ」ママは大男のそばの日本人の女にむかってそう言った。

「あそこは、この人の会社の人がよく出入りするので上役と鉢あわせしたくないってさっきから言ってるんです。だからお願いします。今度は静かにしているからって言っています」

ママは五本とも垂直に立てた指を全部直角に折り、爪先でカウンターをコリコリ叩《たた》いた。それから少し考えるそぶりをし、ボックス席の顔の大きな女に言った。

「マリちゃん、上は片づいているの？」

「何も使ってないから」

大男はいまママの言ったことを理解したのか、タイミングよく、日本人のようにフワリフワリと頭を下げた。

「だけど前金よ。時間は二時間」

ママは英語でそういった。大男はわかったようだった。

「オブリガード」

大男は言い、慣れた足どりでカウンターの横にある階段のほうに歩いて行った。大男はブラジル人らしい。

「マリちゃん、一緒に行って前金もらってきておいて。それからあまり汚さないようにって」

「いいアルバイトと思えばいいじゃないの」縞シャツが分かりやすく卑屈な顔をにやつかせた。

「冗談じゃないわよ。あいつは体が大きいから天井が揺れるくらいになるし、男のくせにここまで聞こえるくらいに絶叫するんだから。いまぐらいの金じゃ話にならないのよ」

「ラテンだからな。しょうがないよ。でもあいつらも国際集団就職ではるばるやってきたけっこう気の小さな真面目《まじめ》な奴らだと思うけどね」

「笑わせるわ」

ママの不機嫌はかわらなかった。

少しの沈黙のあと、また店のドアがあいた。顔を出したのは雨で制服を濡らした警官だった。交通警官らしく通常とは違う青い制服が白い雨コートの下に見えた。

「遅くに失礼します。この少し手前で交通事故がおきまして、いま現場検証しているのですが、転落したクルマから行方不明者が出ています。その人を探しているのですが、少し前にこの店に知らない人がやってきたりはしませんでしたか？」

警官はまだ若く、少し顔が青ざめているように見えた。開け放ったドアから赤い光がチカチカ点滅して入り込んでいるのは、表に白バイがとめてあるからだろう。

ママもカウンターの縞シャツ親父もしばらく沈黙していた。警官は店の中に入り、ボックス席でうなだれたままの小便男の様子を見た。

「お客さんはこれだけですか？」

交通警官は聞いた。

「ええ。いまのところはね」

ママが答える。

「誰か不審者がきたらすぐ連絡を下さい。普通の一一〇番でいいのです。今わたしの言った状況を説明すればすぐにわたしのほうにその連絡が入りますから」

若い警官は言い慣れているらしい言葉でそう伝えテキパキと表に出ていった。ママと縞シャツが顔を見合わせているのがわかった。おれはまだ半分残っているハイボールでエベナをまとめて六錠飲んだ。これだけ飲めばまた少しは元気になれるだろう。おれが高速道路に乗り捨ててきたピックアップトラックは二日前にここから一五〇キロほど離れた河口の町の故買屋《こばい》のガレージから結果的には盗んできたものだった。だから潰れてしまったそいつにはもう未練もないしおれが運転していたという何かの証拠になるようなものも何もない筈だった。

マリちゃんが大きくて白い顔を歪《ゆが》めながら二階からおりてきた。ママの手に輪ゴムで丸めた紙幣を渡す。

「もっと追加料金をとっていいですよ。あいつ自分のものを二階の洗面台で洗っているんです。顔を洗ったり歯を磨いたりするところで洗っているんです。ブラジルではみんなそうするんですか」

ママは舌打ちし、また五本の指の爪を立ててカウンターを叩いた。

「おれも泊まるところを探しているんですよ。このあたりどこか泊まれるところはありませんか」

おれは勘定をするために財布をだし、ママに聞いた。

「さっきあのブラジル野郎に言ったようにこの高速道路の向こう側に『紅《べに》はこべ』という小さなラブホテルがあるわ。いつだって客はたいしていないから今からなら男の単独でも泊まれるわ」

おれは立ち上がった。立ち上がると腕と足の痛みがさっきより増しているのがわかった。エベナの錠剤がポケットにまだどのくらい残っているかおれは熱心に頭のなかで計算した。ママが小さな紙に値段を書いてカウンターのおれの前に置いた。おそろしく高い値段だったが、その意味はわかった。

その金をやり取りしているあいだおれもママも何も話をしなかったが、カウンターの縞シャツ親父は興味深そうだった。おれは親父に背をむけるようにしてこのまま三日ぐらいは飲み続けていられそうな金額を渡した。

「ずっと下りの方向にあるいていったら歩行者用の小さなトンネルがあるわ」

「そこまでどのくらい?」

「一五分ってとこかな。だからそのホテルまでは約三〇分だな」聞かれていないのに縞シャツが答える。おれは片足をひきずっているのをなるべく誤魔化すようにして店の外に出た。

雨は同じように降っていてネオンもまだついていた。漏れた電気が雨のなかで相変わらずチリチリいいながら竜の舌を出したり引っ込めたりしている。

少し迷ったけれど、勇気を出してさっきころがり落ちるようにして下りてきた高速道路へあがる草の斜面を登っていった。登りきって道路から二〇〇メートルぐらい先のさっきの追突現場を見ておきたかった。三度ほど滑って倒れ、今度は全身が水と泥まみれになった。

事故からまだ一時間ぐらいしか経《た》っていないだろうから、激しい警告点滅ランプのかたまりが遠くでチカチカしているのを期待したが、何も見えなかった。あの凄い事故はどこへ行ってしまったのだろう。なおも雨にけぶったそのあたりに目をこらし、やがてあの何台かの後続車の追突もエベナの幻覚によるものだろうと考えるようになった。おれはいくらか落胆し、高速道路の反対側にむかってゆっくり走りはじめた。エベナが急速に効いてきたのか足や腕の痛みは嘘《うそ》のようにひいている。だけど視力になにか影響がきているらしく道路全体が竜の背中みたいにうねっているように見えた。

カーブになっている反対車線からいきなり車が突っ走ってきて、おれはその車のヘッドライトにさらされた。でもそいつが慌てて急ブレーキをかけて大きくスリップしようが転倒しようが今のおれにはたいした問題じゃなかった。

廃棄遊園地

そいつは何年も放置され、生き腐れしたような廃棄遊園地の中を、真夜中にふわふわしながら歩いていたのだけれど、考えてみればおれがそこに忍びこむ前から奴《やつ》はそうしてふわふわと間抜けなユーレイのようにうろついていた筈《はず》なのだ。

その動きを見ていると、絶対にそいつのどこかがイカレているのは確かで、おれは錆《さび》だらけの、たぶんむかしは小さな観覧車だったらしい、そこだけいやに頑丈そうな鉄骨アームの陰にひそんで、そいつのふわふわ移動していく姿をしばらく観察していたんだ。

こんな真夜中に誰もいないだろうとたかを括《くく》って忍びこんだら、おれより先に誰か人がいるのを知ってすぐに逃げようと思ったのだけれど、河口沿いにところどころ点灯されているあまり用途のわからない街灯の薄い明かりのなかで、そいつを先に見つけて少し注意して観察していた結果、逃げる必要はないと判断した。

だけど、そいつをどうしたらいいか、そういうことがおれにはよく分からなかった。どう考えたってそいつはまともではないし、そんなことを言うのならおれだってそいつとたいして変わりはないのだけれど、そいつと触れ合うか見過ごすかの判断がすぐにはつかなかったんだ。おれがこのチンケな町にやってきた用はとりあえず何もなかった。一番やりたいのはクルマを盗むことで、それに乗ってもう少し何かいいコトがありそうな山のむこうの隣町なんかに行ってみることだった。クルマでも金でもとりあえず手に入りそうなものがあれば何でもいい。

まずはそいつが近寄ってくるのを待って、なにか鉄の棒のようなもので後ろからそいつの頭でも殴ればすぐにカタがつくのだろうけれど、そのうろうろぶりから見てたいして金を持っているとは思えなかった。それにそんなことをしてうっかりそいつが死んでしまったりしたらおれは何の利益もない殺人者だ。だいぶ弛緩《しかん》しているおれの頭だったけれど、そんなことぐらいはわかっていた。おまけに近づいてくるそいつは犬よりも非力で、おれみたいに寝場所もないただのホームレスのような奴なんだという見当もついていた。

だからおれはどういう結果になるか予想もつかないまま、つまりまるで考えもなしにいきなりそいつの前に出ていったんだ。時間や状況からいって普通なら何かしら驚く筈だろうにそいつはまるで張り合いなく、おれの前で少しばかりそのふらふらをとめただけだった。河口にむかって続いている街灯のあかりの端っこのほうがそいつを僅かに照らしていたので、そいつの顔だの表情だのがいくらかわかった。

「じゃあどうするの」とそいつはおれを見てよく意味のわからない、でもまるで普通の声でそう言った。頬が異常にこけて痩せた体をしていた。カーキ色のポロシャツに借り物みたいに短い横に白線の入ったトレーニングパンツ。この暗さの中でも古びたスニーカーの紐《ひも》は左右で色が違っているのがわかった。やっぱり相当にいかれているんだろうけれど、とりあえずおれも何か応えないといけないんだろうな、と思った。

「ここにはよく来るのかい」

咄嗟《とっさ》におれはそんなことを言った。でも実につまらないことを言った、ということがすぐにわかっておれはすこし自分が嫌になった。

「そんなには来ないよ。ここにはもう何もないいんだ」頬こけ男はそう言っていくらか笑った。

それからおれたちはもう何年も前からの知り合いみたいに、街灯の光のこない暗がりの、やっぱり鉄の錆《さ》びた匂いのするなにかの大きな遊具機械の下の、垂直になった壁のところまで歩いていってそこに背中をつけて座り、互いにシャツの裾で汗なんか拭いたりした。蒸していて、空は夕方の頃からずっと厚い雲がひろがっていたから、いまも雲が見えるならきっと同じような具合なんだろう。

「雨が降るかもしれないな」

頬こけは、やっぱりずっと前からの知り合いのようにまるっきり不用心な声でそう言った。

「ここにはもう鉄屑《てつくず》みたいなものはないんだろうな」

おれは天候とは関係ないことを聞いた。

「銅線とかさ」

「うーん、そうだね」頬こけはおれにまけじと気のない声で言った。

「電気で動くでっかい機械にはたいてい二〇〇ボルト以上に耐えられる電流線が入っているから、そういうものだけ集めると結構な量になるんだよ」

「ふーん」

頬こけは胸ポケットから煙草《たばこ》を出しておれに一本すすめ、プラスチックライターで自分の口にくわえたやつに火をつけた。それからおれにライターを投げてよこした。

おれと頬こけの口とか鼻から湿った煙が吹き出ていくのが見えた。

「最初に無くなったのがたぶんそれですよ。ここらにはけっこう地道な失業者なんかが集まって来るから、いちばん先にそういうものが消えていった筈ですよ。それから操縦装置の中にある小さな電気装置とかですね」

頬こけはいきなりずいぶんバカ丁寧な口調になった。おれの質問をわりあいしっかり聞いていた。それからおれたちはしばらく黙って煙草をふかしていた。

「たとえばね」

最初の一本を吸いおわり、それをあぐらをかいた股の下の地面におしつけて火を消してから、頬こけは言った。

「我々がよりかかっているこの不恰好《ぶかっこう》なでっかい遊具機械はコーヒーカップっていうんですよ。でっかいコーヒーカップがぐるぐる回って、その中に若い男女が座って嬉《うれ》しがっているやつ」

おれは自分がよりかかっている鉄の壁から背を離し、無理やり首をねじまげて所詮は暗くてよくわからない巨大な遊具機械らしいものを少しだけ眺めた。死んだ宇宙怪獣か何かみたいだった。

「これはね、遊星歯車機構を利用した機械なんですよ。遊星とはあそぶ星と書きます。惑星のことですよ。今はあまりそう呼ばなくなってしまったけれど、むかし惑星を遊星と呼んでいた時代があった。そういう時代があったんです」

よくわからなかったが頬こけは急に雄弁になってしまった。そんなことを聞いても仕方がなかったんだけれど、おれはとりあえず聞いていることにした。頬こけは喋《しゃべ》り続けた。

「いくつもの大きさの違う歯車を回転させてコーヒーカップを複雑にぐるぐる回しているんです。もともとはこういう動きはクランク軸を使っていましたが、これはすぐに壊れるのが難点でした。でも遊星歯車機構は往復運動を回転運動に変換する非常に優れたメカニズムなんですよ」

おれがおとなしく聞いているので頬こけは嬉しそうだった。やっぱりこいつは順調にどこかイカレているのだ。

「その遊星歯車機構を苦労して取り出したのがわたしなんですよ。それは故買屋がけっこういい値でひきとってくれました。でもそのひとつひとつが重いのでね。全部外して取り出すのに一週間ぐらいかかっちゃって……」

「大胆なことをやるんだね」

「そんなのまだチンピラですよ」

頬こけは気のきいたことを言った。

「名前を聞いていいかい」

「こぐれ、です。ただの」

ただの、という意味がわからなかった。でも聞いてもしかたのないことでもあったから、それ以上聞くのはやめた。

殆《ほとん》ど何も動きのないように見えた遊園地横の河のあたりで軽いエンジンの音が聞こえていた。クルマではなく船のエンジンのようだった。

「あの河に、夜走る船なんかあるの？」

おれは意図的に話をそらせた。でもその河に船が行き来しているのかどうかは知っておきたいことだった。

「そんなに毎夜ここに来ているわけではないからよくはわからないけれど、いろんな船をとめておくところがこの近くにあるから今でも何艘《そう》かあるかもしれないですね」

頬こけはまじめにそう答えた。いい情報だった。

おれたちは、なるべく暗いところを選んでそこにむかって歩きだした。おれが頼み、頬こけがそこまで案内してくれる、と言ったのだ。河岸のところどころにある街灯が河の表面をひっそり照らしていてそのあたりだけぬめったような反射があった。こういうところで聞こえる筈の夜の虫の鳴く音がなく、川面《かわも》を跳ねるような魚の気配もなかった。街灯の弱々しい光にのらのらした反射があるのは河全体に薄い油の膜がひろがっているからのようだった。

船溜《だ》まりはいきなりあった。頬こけが言っているように小型のプレジャーボートが何艘かそのあたりに係留されていて、それらは少しずつ勝手に揺れているように見えた。死んでいる河ではなくてやはりそれなりに流れや小さな返し波があるのだろう。ここからさほど遠くないところにある海がいまは満潮になっていて、ここらあたりまで海水が入り込んでいる可能性があった。

おれたちは船溜まりの縁にしばらく佇《たたず》み、あたりの様子を窺《うかが》った。人の気配はなく、数艘ある小さなプレジャーボートのどれかにオーナーか誰かが船室で寝ている、という気配もなかった。

おれたちは河岸の縁を歩き、何艘かのもやい綱を牽《ひ》いてみたりした。どのボートもちゃんと使われているようで、係留に油断の弛《ゆる》みはなかった。狙ったボートまで行くには何本かのもやい綱を切ったり牽いたりして岸辺まで引き寄せなければならなかったが、おれも頰こけもナイフなど持っていなかったし、それにちゃんとしたボート係留のロープワークの知識もなかったから、おれの考えたボートへの侵入はそこで簡単にお手あげになった。

「それだったら、陸の上の倉庫を狙ったほうがいいですよ」

と、頰こけが相変わらず普通の声で普通に言った。コンビニかなにかに行って食い物でも買おう、と言っているような口調だった。

「クルマの免許証もってますか?」

頰こけのいきなりの質問だったけれど、考える間もなくこれからやろうとすることに何か意味があるのだろうと思っておれは頷《うなず》いた。

そこから無人の、たぶんプレジャーボートの持ち主たちのそれぞれの物置小屋のような小さな建物が並んでいる小道をぬけておれたちは少し広い通りに出た。幸いなことにまだそのあたりは河に用のあるクルマぐらいしかやってこないところらしく、誰とも会わなかった。頬こけは近くでみてもやっぱりふわふわした歩き方だった。でも、おれと歩くスピードは同じだったし、話の内容はともかく、今自分がなにをやっているか、ということぐらいはまともに理解しているようだった。

頬こけがおれを案内してくれたところは、大きな倉庫に事務所らしい木造とプレハブのまざったような家がくっついている正体不明の建物だった。事務所らしい建物のなかに小さな灯《ひ》がついていた。

「無人じゃないのかい」

おれは頬こけに聞いた。無人の倉庫荒らしだとばかり思っていたからだ。

「経営者が事務所に泊まり込んでいるけれど、毎晩町のカラオケ屋に行っていて十一時までは帰ってこないんですよ。だから今は無人のようなものです」

何の不安もないような口調だった。いろいろこのあたりに詳しいのは確かなようなので、おれは信用することにした。それにこいつが目の前のわりあい大きな倉庫に侵入するのは今夜が初めてではないらしい、ということはなんとなくその気配でわかった。

おれの思ったとおり、頬こけは慣れた動作で、でもやっぱりなんだかふわふわした歩きかたで、倉庫の裏のほうに回った。

なにかむかしどこかでかいだような花の匂いが闇のなかにひろがっていた。梅雨がおわりもうじき夏になろうとしているのに、そこらにも草の虫の鳴く声は何も聞こえなかった。それどころかとうとう雨が降りだした。まだ梅雨は終わっていないのか、それとも梅雨あけによくある豪雨の前ぶれなのだろうか。

倉庫の裏の出入口には古い錠前のかかったドアがあったが、頰こけは錠前鍵をあけるのではなく、その錠前をとめてある大きな目クギを右手で摑《つか》むと、それをこまかく左右に揺すった。しばらくそうしているうちに目クギごときれいに外れてしまった。倉庫から出るときには錠前のついたその目クギをまた叩《たた》いて戻しておけばいいんです、と頰こけはそこだけへんに事務的に言った。

倉庫のなかは油の重い匂いがした。濃い闇のなかでどうやって中を歩けばいいのかわからない。とまどっているうちにふいに弱い光がおれの足元を丸く照らした。頰こけはいつのまにか懐中電灯を握っていた。

いまあけた出入口の横にその懐中電灯がいつもぶらさげてあるのだと、頰こけは低い声で言った。

乏しい灯だったが、闇に目が慣れてきたこともあってかだんだんわかってきたのは、倉庫のなかにはいろんな機械が並べてあるらしい、ということだった。

「農業用の機械が多いです。そういうものを専門に扱っているところですから。事務所ではそれとは別にいろんな品物の故買をしていますが」

そうか。とおれは理解した。頰こけがさっき言っていた遊星ナントカ機構というようなものはここでさばいてもらっていたのだろう。「ふわふわ」どころではないけっこうちゃっかりした奴なのかもしれない。

「ここにあるのはハーベスター類が多いです。それに籾《もみ》すり機、農薬散布機、動力剪定《せんてい》機とか」

どうやら何か機械関係の仕事をやっていたようでおれにはまるでわからないことをいろいろ説明してくれた。別のことでおれにはもっとわからないことがあった。こいつは何をどうするためにおれをここに案内してくれたのか、ということだった。おれの腕時計の時刻表示には蛍光塗料が塗ってないので頬こけの持っている懐中電灯の光をあてて時刻を確かめた。もう十時半に近い時間だった。おれの意図を理解したらしく頬こけは言った。

「ここから事務所には鍵なしで入れます。そこにロッカーがあります。中にいろいろ金目のものが入っているのを知っています。例えばさっきおたくがおっしゃっていた銅線の束とか、もっと高い金属の塊とかね。金塊というわけではないですが」

「でもそのロッカーには鍵がかかっているんだろう。どうやって開ける？」

「担いで持ち出せばいいことです。事務所の横にクルマが置いてあります。ここの経営者は以前はそのクルマでカラオケに行っていましたが、酒気帯び運転で何回か捕まって今度やると絶対免許証とられますから、今はタクシーで行ってるんですよ」

ロッカーは高さ二メートルはある大きなものだった。頰こけがおれを誘った理由がわかった。一人ではとてもそれを持ち出せないからだ。ロッカーといっても全体が頑丈で、よく見ると鍵も三カ所についていた。もうこうなるとちょっとした金庫だ。

事務所の隣には頰こけの言っていたとおりクルマがとめてあった。ダッジの巨大な赤いピックアップトラックだった。苦労して二人でロッカーを担ぎ、その荷台に載せた。ピックアップトラックのキイは事務所にひとつだけドデンと置いてある経営者のデスクの引き出しからあっけなく見つかった。

クルマのキイを探しているときにおれは別の引き出しからいきなりエベナの錠剤の入った小瓶を見つけた。頭のなかがカッと熱くなった。数年前に売られるようになったのだけれど、大量の酒と併用するとすさまじい副作用があることがわかってすぐに禁止されちまった今では貴重な幻覚剤だ。そいつをおれはよく飲んでいた。飲むといろんなものが変化して見えてくるけれど酒の酔いが効いてくると周りの奴の動きが通常よりも少し遅れて見えるようになるのが面白く、どうもいろいろとおれの体に合っているみたいなのだった。合っている、ということはそのますますこぶる危険、ということだったのだけれど。

頰こけにわからないように素早くそれをポケットにしまった。頰こけもこのエベナを知っていて、頬こけの動作のふわふわしている理由がわかったような気がした。エベナは人や酒との組み合わせによって効き方はいろいろだが、奴の内側の感覚まではわからないが他人から見る動きはあんなふうにふわふわしてしまうのかもしれなかった。それにしても頬こけはいやに落ちついていた。何かの都合で十一時前に経営者が帰ってくる、ということも充分考えられるから、おれはいくらか焦っていた。

倉庫や事務所の何もかもあけっぱなしにして出発することにした。出発する前に小便をするから、と頬こけが言った。少し迷ったけれど、その迷いは数秒だった。

チャンスは今しかない、と瞬間的に判断した。おれは頬こけをおいたまままいきなりダッジを発進させた。なにかギラギラ叫んでいるような声がうしろから聞こえたけれど、おれはバックミラーも見ずにアクセルをさらに強く踏みこんだ。思いがけない簡単な展開でクルマ一台おれのものになった。

一五分ほどの回り道が面倒で雨の高速道路を走って横断する、というのはあきらかに異常だろう、とおれの中にまだいくらかまともに残っているらしい神経や思考やらが体の中でしきりに言っていた。どしゃぶりの高速道路を走ったり転んだりして横断してきたので、またもやおれはびしょ濡《ぬ》れだった。急な斜面をころがりながら登り、また同じくらい急な斜面をころがりながらおりてきた。高速道路を走って渡りきる前に猛スピードで白いセダンらしいのが突っ走ってきたが、エベナと酒で充満したおれの頭ではもうそんなノロいクルマは恐怖でもなんでもなかった。

おれは「紅はこべ」というさっきのバーのママに聞いたおかしな名のビジネスホテルとラブホテルの中間みたいなビルの二階に飛び込んでいた。ルームキイを貰《もら》ってすぐにユニットバスのドアの内側にかかっている、使いすぎと洗いすぎで繊維がごわごわになってしまったタオルのガイコツみたいなやつで頭をぬぐった。腕まくりしたシャツもジーンズもぐしょぐしょだった。フロントの男がよくこんな濡れネズミの男の一人客を入れてくれたものだとつくづく感謝したい気分だったが、ひと昔前の映画館みたいな、半円形の窓口を通してのやりとりだったし、そいつはテレビニュースの何かの現場中継らしいものに夢中のようで、おれのびしょ濡れ状態にまるで気がつかなかった、ということも考えられた。

おれは濡れた髪の毛をいったんざくざくぬぐってから、シャツやパンツを脱いだ。それから湯の落ちてくる角度がちょっと違っていて、全身に湯を浴びるのがなかなか難しい固定式のシャワーで体を洗った。全身の細胞がにわかに喜んでいるようだった。体がしだいに温まってくるのと同時に新たな酔いがゆっくり体中を駆け回りだしたような気がした。それに短時間でだいぶ飲んだエベナの陶酔感が加わって、狭いバスタブだったが次第にたまってくる湯の中にうずくまりたいような誘惑と必死にたたかった。

一枚しかないのでもうあらかた濡れてしまったガイコツタオルで体を拭き、ベッドの上にたたんである浴衣《ゆかた》を着た。洗濯したあとのようにすっかり濡れてしまったパンツやシャツを絞りたかったが、それは少しあとでもいいや、と思った。そうしてほんの少しだけ、と思ってもぐり込んだベッドのなかで結局おれはそのまま眠り込んでしまったのだった。

ぼんやりした頭で窓の外を見た。昨夜のあの激しい雨はもうやんでいるようだった。おれはえらく過激だった昨日のことを順繰りに思いだし、あの雨は故買屋にいたあたりからもう降りだしていたのだ、ということを思いだした。それから事故までのことをゆっくり思いおこしていった。

ベッドサイドにアナログ式の時計があった。七時をいくらかまわっていた。

そうだ。ニュースだ。

小さなテレビがベッドの向かい側にあった。リモコンボタンのONとNHKを押す。何かの政治問題がおきているらしく政治家の顔が数人うつされ、快活なアナウンサーの声がしばらく部屋の中にひろがった。それから画面が変わり、いきなり見たことのあるダッジの赤いピックアップトラックがうつった。

今朝午前零時すぎにおきた交通事故のニュースだった。草や木の繁《しげ》った斜面の途中でひしゃげたピックアップトラックと、それに斜めからぶつかっている幌《ほろ》つきトラックがうつっていた。おれの乗っていたトラックの後ろに続いて多重衝突がおきた筈の現場は何もうつらなかった。あの晩、多重衝突がおきたと思ったのはエベナによる過剰な記憶のようで、実際はあのひしゃげた白いセダンに追突されただけだったらしい。ピックアップトラックの運転手は行方不明になっており、その荷台に積んであったロッカーの中から老齢の男の死体が発見された、という衝撃的な内容だった。

いやな夢の続きを見ているような気分でその画面を凝視し、それが次のニュースにかわったときに、おれは夕べのあの頬のこけた男の顔を必死に思いだしていた。さらにそいつの名前を思いだしたかったけれど情けないことにまるで記憶になかった。

でも絶対にあの頬のこけた奴のしわざだ。あいつがおれをハメたのだ。もしかするとふわふわとした頼りない軽い動作もおれをその気にさせるための奴の策略だったのかもしれない。ロッカーのなかで死んでいた男というのはきっと故買屋で、それを殺したのは頬こけ男だった可能性がある。だからあいつは倉庫のなかでも事務所でもあまり時間を気にしていなかったのだ。だってここの持ち主はずっと帰ってこないのだから――。

本当にそうなのかどうかはまだまるでわからない。やはり悪夢の続きのなかにいるような気がして、不思議なことに怒りはあってても深い恐怖は感じなかった。

回転灯

壁が過熱していた。とくに上のほうだ。そのあたりが赤くなっていて、ほうっておくとじきに燃えだしてしまうのに違いない。おれはそう考えていたようだ。ようだ、なんてずいぶん無自覚な言いかただけれど、おれはいましがた目を覚ましたばかりなんだ。

でも、寝ていた時間はたいしたことはない。ほんの三〇分ぐらいのものだよ、と頭の奥のほうにあるたぶん睡眠神経みたいなやつがおれにそうおしえてくれていた。おれは大きな枕に頭をうずめていたんだ。うずめたまま壁のほうを見上げて、あれは過熱しているのに違いない、と考えていた。こんな安ホテルにしては立派すぎる大きな枕に頭をうずめたままだ。枕が不自然に柔らかすぎるのはなにかろくでもないケミカル素材が入っているのだろう。そこらによくあるやつだ。朝がた一回起きたのにテレビの嫌なニュースを見てしまった。少し呆然《ぼうぜん》とし、いろんなことを考えているうちにそういうケミカルものがいっぱい入った枕のなかに頭をうずめて、おれはあっけなく二回目の眠りに入ってしまったのだ。

頭がいくらか痛いのは風邪なんだろうか。痛い頭のなかにじわじわ思いだしてくることがいっぱいあった。夕べあれだけ濡《ぬ》れてしまったのだから、風邪ぐらいひいてもおかしくない。それで頭のどこかが少しねじくれてしまったから、壁が過熱して見えるのだろうか。でも赤い壁はじっさい炎のようにわらわら動いていて、このままではまずい、ということもなんとなくわかっていた。

壁が燃え上がる前に起きなければいけないんですよ、とおれの頭のもうちょっとましなところにある神経などが乱雑に騒いでいた。だからおれは力をこめて上半身を起こしたんだ。そうしたらじわじわ思いだしてくることがもっといっぱい増えてきて、おれは次第にうんざりしてきた。

昨夜おきたことはやはり夢なんかじゃなくて、おれの頭が痛いのは沢山齧《かじ》ったエベナと沢山飲んだいろんな酒がいっしょくたになって朝のおれを責めているのかもしれなかった。それから赤い壁は過熱しているのではなくて、外から入り込んでくる光を反射しているだけなんだ、ということもわかってきた。でもこんな明るい朝に、どうして窓の外から赤い光が入り込んでくるのだろうか。

おれはそれを確かめるために自分でも驚くくらいきちんと立ち上がって、窓のそばまで行った。

外はもうすっかり本物の朝になっていて、昨夜のあの濃密な雨の気配はまるでなかった。紙みたいなかんじのする安物のレースのカーテンのむこうにそういうもの——爽やかそうな朝の斜光とかいくらか風に揺れている樹《き》の枝葉なんかが透かし見えたけれど、その風景の端っこのほうに赤い光があって、それが何なのかすぐにわかった。嬉《うれ》しくない光の回転だった。サイレンは鳴らさず赤い回転灯だけがヒラヒラ動いている。パトカーが、このホテルの玄関のあたりにとまっていたのだ。だからまったくろくでもない光の回転だった。

おれはしきりに体を震わせながら、それが恐怖なのかエベナの一時的な後遺症なのか、あるいは風邪熱による寒さのせいなのか、自分でもよくわからないまま、とにかく急いで服を着ることにした。おれの頭のどこかから出ているもう残りわずかだろう「マトモ」を求める精神とか神経とかがそうさせたのだ。

上下の服はまだ冗談のように濡れたままだった。クローゼットがわりに使えといっている らしい鴨居《かもい》の下の金属パイプにどうして昨夜それらを吊《つ》るし、少しでも乾かすようにしなかったのか悔やんでみたけれど、今はとにかくそれを着るしかほかに方法はなかった。やはり濡れている気持ちの悪い靴下を何度か失敗しながら足の先にくりつけ、同じくらい濡れている靴を履いた。それからひと呼吸して、いましがた川から引き上げられた犬ころみたいに全身をこまかく震わせた。気分の悪さとじわじわ増している頭の痛さは同じぐらいの密度でおれを責めていた。

部屋をひとわたり見回し、なにか自分に関する残留物はないか確認した。夕べこのホテルに入ったときのことが悪寒と一緒に蘇《よみがえ》り、おれはすでに昨夜から川に落ちた犬みたいにして身ひとつでここに飛び込んできたのだということを改めて思いだした。それからドアを静かにあけ、隙間から廊下の様子を窺《うかが》った。

間が悪いときは、そこに警官がやってきたりするものだけれど、おれはまだついているみたいで、廊下に人の気配はまるでなかった。後ろ手で部屋のドアを閉めると、廊下の先のほう、ロビーに通じる階段のあたりでサーモスタットが起動し、丁度何かのモーターが唸《うな》りだしたような音が聞こえた。それと同時にどこかで低く携帯電話らしきもののいきなりの呼び出し音。品の悪い電子音のアラベスクのようだ。そっちとは逆のほうにおれは少し早足で歩いていった。夕べは殆《ほとん》どエベナにやられていたのでろくな記憶はなく、廊下といくつかの部屋があるだけの小さなホテルと思っていたけれど、安ホテルのわりには意外に沢山の部屋が並んでいて、もう一方の端までいくのに一〇部屋ほど通りすぎねばならないようだった。そうしてあと二つほどの部屋をすぎたら片一方の端にたどりつく、というときにおれは思わず腰を抜かしそうになった。

音もなくいきなり端っこのドアがあき、誰か出てきたのだ。まったく人の気配のないところにだしぬけに人間が出てくるのは間抜けな冗談みたいなものだ。

そいつはやけに巨大な女だった。濃縮された朱赤の舞台衣装のようなローブデコルテだけ。不自然に盛り上がった髪はだいぶ乱れていた。よく見ると女ではなく女装した男のようで、寝不足と二日酔いのまじったような絶望的に不機嫌な表情をしていた。

「なんだ、ちがったわ」

そいつは太い声で言った。もっと近くで見ればきっと口のまわりにうっすら朝の髭《ひげ》なんか生えているのだろう。

女のような男は、礼儀というものを一切忘れたバカデカ昆虫のような顔つきのまま、さっきあけたのと同じぐらいの速さでその部屋のドアを閉め、再び静まった。おれは部屋を出るとき水を飲んでくればよかった、ということにそのとき気がついた。部屋のドアはオートロックではなかったから、もう一回戻る、という選択肢もあったが、そうすることによって不運ながらもこれまでかいくぐってきたツキみたいなものが逆転してしまうことが大いにありそうだった。

きっと部屋に戻って水を飲み一息ついたところでドアがノックされる、というやつだ。ドアを開けてみるとあのパトカーの警官がきっと立っている。しかもフロントの男と警官二人というぐらいの嫌ったらしい姿でだ。

廊下の突き当たりの横に非常口と書かれたドアがあるのを見つけた。廊下の突き当たりまでこないと見えないところにそのプレートが貼ってあるのだからまともに考えればまるで役立たずのプレートだったが、今のおれには大助かりだった。まだ、おれはついている。おれの神経のどこかがそういって喜んでいた。問題なのは、そのドアを開けることによって館内全部に何か大きな警報音が鳴ったり、フロントのどこかの異常に目立つところにある赤ランプなんかがにぎやかに点滅して、パトカーの警官とフロントの男が同時にそれを見つめていたりするかもしれない、ということだった。

けれどそこは安ホテルだ。そんな金のかかる装置が施されているとは考えにくかった。だから開けてみることにした。それだってまた緊急の勝負にちがいなかった。いままであまり開けられることがなかったのか、ドアの丸いノブはいくらか回転の滑りが悪かったけれど、わたしら真面目《まじめ》な単純金属メカニズムですから、とでもいわんばかりにいさぎよく鍵爪を内側に引き入れた。たぶん外側からは開けられないようにできているのだ。そのすぐ前に人がひとりやっと歩けるような非常階段があった。

あたりに誰の姿もなく、おれはドアをゆっくり元に戻した。カチリと鍵爪が元に戻り、ためしに回してみると、もうしっかり施錠されていた。おれにはまだ味方がいっぱいいるのだ。

あまり軽い音をたてないように注意しながら慎重に地面まで降りる。非常階段とブロック塀の間の狭いエリアだ。そのあたりは空気が沈殿しているのか黴《かび》くさい臭いがして、いくつか小さな水溜《た》まりがあった。

ブロック塀を乗り越えるとすぐに表の道になり、そこに出てしまうとホテルの前に止まっているパトカーから丸見えになってしまう位置のようだった。

　裏側に道があるのかどうかまるで分からなかったけれど、なんとかなるだろう、というだけの見当で、おれはホテルの裏側にむかった。普通のホテルだと食べ物とかその材料などの納品やリネンなどの搬入搬出のために朝は業者の車や人などが出入りしているのだろうが、この手のラブホテル系というのはありがたいものでそういう心配はないようだった。しかも、ブロック塀はホテルの裏側まで囲っておらず、歩いていくと自然に望みどおりの裏の道に出ていた。

　濡れている服が体に痛く、悪寒も続いていたけれど、それでも気分はほんの少し軽くなっていた。どうやらおれはよく分からない危機からとりあえず脱出できたようだった。


　クルマが一台やっと走り抜けられるような住宅地の裏道をおれはホテルから離れていく方向にずんずん歩いていった。ほぼ一晩降り続いた雨によってあたりの樹々はとりあえず今は何も文句ありません、とでもいうようにすっかり充実していろんな葉をいろんなふうに光らせていた。ひとまずの脱出成功がじわじわした喜びになっていて、おれはこういうときこそエベナで体を喜ばせたかった。ズボンのポケットの中にあの故買屋のデスクから持ってきたエベナの小さな容器がまだちゃんと入っているのを確認し、それでおれはますます嬉しい気分になってきていた。さらに歩き続け、このブロックから少しでも遠くに離れてしまうことだ、と、けっこうまともなことを考えていた。頭痛は義務みたいにしてまだおれの頭の奥の深いところでじくじくしていて、それとやはり喉の渇きがいよいよはっきりしてきていた。

道はやがてクランク型に曲がり、その左右に住宅が見えてきた。密集しているわけではなく、取り壊した家の跡が雑草だらけになっていたり、それがなんだかわからなかったけれど小さな果実をつける小樹林が密集しているところもあった。そうだ。こういうのを果樹園というのだった。

おれの背後から自転車がふいにあらわれて、大げさにおれを避けながらおれの歩いていくもっと先に進んでいった。自転車の前と後ろに買い物籠をつけたやつで中年の男が重そうにペダルを踏んでいた。

そうして次の角を曲がったところで、おれは結局逆転負けしちまったんだ、ということを知った。前のほうから警官が二人、マンガみたいな最悪なタイミングで、おれのほうにむかって歩いてくるのを目にしたのだった。警官は実に興味深そうに二人して同時におれを見つめ、瞬間的に両者のあいだにいくらかの幅をあけた。興味深い獲物をそうやって左右からまずは挟んでしまおう、という考えなんだろう。踵《きびす》を返し、今きた道を全速力で走って逃げる、という方法があることも考えたが、いまのおれの弱った体ではそういう突然の疾走でそいつらから逃げおおせる、という自信はなかった。逃げられたとしてもせいぜい二〇メートルだ。頭痛いし、悪寒がするし、濡れた服はガサガサで、喉渇いているし。

「あら！」

と、言いながらおれと警官の接近していくちょうど中間のあたりにあった古びた家からおばあさんが木戸をあけて飛び出てきた。

「ヒデヒコさん。何をしていたのよ。そろそろ朝ごはんの時間なのよ」老婆は顔を輝かせながらおれを手招きした。

「あなた本当に朝の散歩が好きなのね。雨があがって今日は気持ちのいい朝だから散歩も大事でしょうけど、ごはんがさめてしまいますよ」

二人の警官がいくらか歩調をゆっくりさせながら、そんなおれと老婆のやりとりを眺め、それから老婆とおれに軽く会釈して通りすぎていった。

老婆に急《せ》かされるようにしておれはその家の勝手口から中に入っていった。いま何がどうなったのか、おれには少しも理解できていなかったけれど、部屋の暖かさがとりあえず何がどうあっても今はこれがいい、という気分にさせてくれた。

「ヒデヒコさんが帰ってくるのはこういう朝だろう、ってずっと思っていたんですよ。だって前からそうでしたものね」

だいぶ年数のたっている家のようだが、中はきれいに使われていて清潔だった。勝手口から入っていったので、台所を通過してその先の居間に入っていく。テレビがついていて、なにか朝の料理番組のようなものをやっていた。この季節にしては居間が妙に暖かいのは簡易電気ストーブがついていて、それは扇風機のように温風を左右に振り分けるようになっていた。

「ごはんにするでしょう。ヒデヒコさんが何時《いつ》帰ってきてもいいように、朝はいつも一合のごはんを炊いているんですよ。あなたが帰ってこなければ、それはわたしが三食にわけて少しずつ食べています。今は電子レンジがあるから、朝炊いたごはんは、あったかくすればいつだっておいしく食べられるんですからね」

老婆の声は、年齢のわりにはずいぶん弾んでいた。明るい声でそのようなことを話しながらなにかせわしなく朝の惣菜《そうざい》をつくっているようだった。かつおぶしの出汁《だし》が温まるいい匂いが台所から居間のほうまで贅沢《ぜいたく》に流れてくる。

いまの思いがけない展開についていくのが精一杯だったから、さっきまでおれを悩ましていた頭の痛さや悪寒などは一瞬忘れてしまっていた。それでも喉の渇きはとりあえずなんとかしたい。水分と一緒にエベナを飲んでもう少し精神を落ちつかせたかった。これもコトの成り行きだ、という気持ちになっていたからおれは思いきって言った。

「朝食の前にお茶をもらえませんか」

返事はすぐにかえってきた。

「あら、そうでした。お茶をいれ忘れてましたね。ヒデヒコさんが久しぶりに帰ってきたのでついついあんたの好きな朝のごはんのおかずばかりに気をとられてしまっていて、まったく困ったものです」

老婆は、いい育ちをしていて、まだどうかはわからないけれど、かつていい夫がいて、そうしてこの家でちいさくてもそれなりに幸せな暮らしをしていたように思えた。

おれが気になっていることはいっぱいあって、そのひとつはこの家にはこの老婆のほかに誰が住んでいるのだろうか、ということだった。

居間の隣に八畳ほどの部屋があり、そこも綺麗《きれい》に整頓されていた。大事な客が来たときに部屋の真ん中にでも置くのか塗りのしっかりした和室用のテーブルが障子のそばに立てかけてあった。むかしでいう三尺幅ほどの廊下が鉤《かぎ》の手になって部屋の外側を囲んでいる。

押し入れの横にはめ込み式の仏壇があった。老婆がおれの頼んだお茶をいれているあいだにそいつを見にいった。そこにいけばもう少しなにかがわかる筈《はず》だった。

ありふれた仏具の装飾があって中央に位牌《いはい》がいくつかあった。その横に小さな写真がやはりいくつか。いかにもむかしの人の黄ばんだ写真のなかの比較的新しい写真に青年が写っていた。三〇歳ぐらいで、どこか郊外の日差しのいい場所で撮られたもののようだった。顔が屈託なく素直に笑っている。写真をひっくり返すと「内藤《ないとう》秀彦・吉野《よしの》にて」とやや掠《かす》れたボールペンの文字が読み取れた。

そうか。老婆の頭のなかではこのヒデヒコさんがふいに今朝帰ってきたのだ。でも写真のなかのヒデヒコさんとおれがそんなに似ているとは思えなかった。いや、顔の輪郭や眉の形などはまるで別人だ。老婆の頭のなかでこのふたつの顔がどう結びついているのか不思議だった。でも今はとりあえず都合のいいようにふるまうしかないと判断した。

老婆が居間にお茶を持ってきてくれたので、おれは首を振っているストーブの前にすわり、そのお茶を飲んだ。今の季節でストーブをつけているのはだいぶ季節感がズレていて奇妙なことだったが、たまたまその日はおれにとってはそれもたいへんありがたい状態だった。部屋そのものの暖かさと、ストーブからの直接の熱で、濡れた服がかなり乾いてきていた。老婆のいれてくれたお茶でエベナの錠剤を二つ喉の奥に流し込んだ。効くのかどうかわからないけれど、こいつでまだしぶとく残っている悪寒と、頭の芯のあたりの痛みが消えれば、おれはそっくり息をふきかえせるような気がした。

朝食は台所にある椅子式のテーブルに用意されていた。本当に炊いたばかりのごはんとネギと油揚げの味噌汁《みそしる》。なにか赤い皮のついた魚の切り身の焼き物。粕《かす》か味噌に漬けたもののようだった。それにひじきと豆を煮たもの。何種類かの野菜の漬物。充分に贅沢な朝食だった。

「さあ、たくさん食べなさいよ。あなたは体に力をつけておかないといけない仕事してるんだから」老婆は自分の食事に箸をつける前に嬉しそうにそう言った。ヒデヒコさんがどんな仕事をしていたのか、そして何時《いつ》ごろ、どんな理由によって亡くなったのか、基本的なことを知りたかったが、まさか自分のほうから聞くわけにもいかない。それよりか、いまは偶然天から降ってきたような、思えば何十日ぶりかわからない本物の家庭の豊かな朝食を心ゆくまで味わうことが先決だった。風邪気味の体もこういう温かい栄養のある朝食を摂《と》っていれば確実に好転していくことだろう。

「おまえは覚えていないかもしれないけれどイチヅカにいたカネモトさんね。あの人が、あれはなんというのかね。犬の子供を育てて、人さまに売る、という仕事をはじめて、それがけっこううまくいっているらしいんですよ。長いことといろんな儲《もう》けにならないことをやってきて、スミコさんがいつも愚痴を言っていたのだけれど、最近ではその愚痴もなくなって、カネモトさんの手伝いをしているんですよ。いいこともあるんじゃないかね」

老婆は朝の食卓でそんな話ができることが嬉しくて仕方がないようだった。話の詳しい内容はわからないが、大体の察しはつく。

おれは適当にうなずき、すすめられるまま貪欲に食っていった。そのようにしてたくさん食えば食うほど老婆が喜んでくれるとわかってきたからだ。

幸せな朝食がすむと、老婆は食後のお茶をいれながらおれの服があっちこっち汚れているのはよくない、ということを言った。濡れていた服が乾いてきて、それまで目立たなかった泥や草木による汚れなどが派手に浮き上がってきたからのようだった。上下とも黒っぽい服だったからなおさらきわだってきたのだろう。

「別の洋服に着替えなさい。洋服簞笥《だんす》の中のものは全部洗ってありますから」

老婆は言った。いままで着ていたものは晴れている今日のうちに全部洗濯するという。なにもかもあまりにも具合がよすぎるので、自分のツキぐあいにいくらか脅《おび》えを感じながらも、ヒデヒコさんの服がいろいろ入っているらしい客間にある洋服簞笥から手頃なシャツやズボンを選んで身につけた。ぴったりというわけでもなかったが、おれが着てもまったく問題のない大きさだった。ひととおり着替えて、表通りに面したガラス戸から外を眺めていると、あいかわらず音なしで回転灯だけ回したパトカーがもっそり走りすぎていくところが見えた。

鼻曲げ

「だけどまだ話は終わっていないんだよ」

ドアにへばりついた鼻曲《はなま》げは計算ずくのみじめったらしい声でそう言っていた。一メートルの間隔もなく隣接している左右の家を気にしてのことか、両手でわっかを作り、そこに口をあてた自信のない声だ。話すたびにドアのむこうに伝わるくらいに荒い息をハアハアさせた。

「だけど本当にまだ話は終わっていないんだよ」さっきから同じことをもう四、五回だ。女の返事があるかもしれないちょっとの沈黙時間にも辛抱強くトントン、トントンってノックまでしている。モールス信号みたいにだ。ドアはだいぶ前に素人《しろうと》が青いペンキを塗ったようだ。表面の塗料がデコボコしているのが街灯の僅かな反射でもわかる。たぶんこいつらふたりがまだもう少し仲がよかった頃の仕事だろう。

鼻曲げの女は青いドアのむこうでだんまりを決め込んでいるようだった。ヒステリックにめちゃくちゃに騒ぐ女じゃなくてよかったじゃないか。

頬こけはこのまま傍《そば》に立っているのでは退屈になりそうだった。そろそろ諦めさせるために鼻曲げに言った。こうなったらたぶんいまは何を言っても駄目だよ。諦めて行こう。朝になっちまうと面倒だよ。

「あと、もう一回」

鼻曲げが指を一本立てる。中くらいの背でまるっきり無精髭《ぶしょうひげ》の気配のない顔全体がつるんとしていた。だから顔だけ無意味に膨らんで見える。頬こけとは逆だった。

「こんなことであいつに逃げられたくないんだよ」鼻曲げが切実に言う。でも、もうこんなふうなドタンバになったら説得なんかで女は絶対に変わらないと頬こけは確信していたからそう納得させたかったのだけれど、あと一回ならまあいいか。

「絶対にいい仕事して帰ってくるからさ」

鼻曲げは泣きそうになってドアのむこう側にむかってまた言った。五軒ほど運河沿いに同じ形の建物が並んでいて、鼻曲げと女はそこを借りていた。でも家賃滞納で明日の月曜日には出ていかなければならない。家賃だけじゃなくて、電気も水道も間もなく止められるらしい。だから鼻曲げがちゃんとした金を持ってこないかぎり、鼻曲げの女は明日一人で出ていくと宣言したらしい。

「さあ、もういいだろう。限界だよ。もう行かないとこっちの時間がなくなるぞ。そうしたら稼げる金もどこかにいっちまうぞ」

それだけ早口で言い、先にたって頰こけは歩きだした。

一〇〇メートルぐらいのあいだに五回ほど振り返り、鼻曲げはしぶしぶ歩いていた。頰こけの言いつけを守って目立たないように自動車修理工が着る紺色のツナギみたいな服に黒いズックを履いていた。

「お前、あの彼女とちゃんと結婚してんのか」歩きながら頰こけが聞いた。

「そんなことはどっちも言わなかったな。なにしろおれには誠意があるからな」返事になっていないし、鼻をするような声だ。

「泣いてんのか」

鼻曲げは答えない。

「もうひとつ聞いていいかい」頰こけはさらに言った。鼻曲げがじっと黙っているのは聞いてくれよ、という意味だった。

「あんたは何で鼻曲げと呼ばれてんだ？　鼻がまがってんのか」

「違う、小さい頃から喧嘩《けんか》すると凄《すご》い速さで相手の鼻を摑《つか》んで捩《ね》じってた。そういう技が得意だったんだよ」

「変わっているな」

「女にしかやらないけれどな」

「変わっているな」

二人は運河沿いの道を同じスピードで歩いていた。このあたりは沿岸漁業の小船が岸沿いにもやってあり、少し離れたところに小さな規模のヨットハーバーがある。だから漁船の人たちのための漁師小屋が並んでいて、シーメンズクラブがその先にあった。どっちも夜はたいてい誰もいない。その後ろ側にモクマオウという背の高い外来種の樹林が続いていたが折れやすいので台風のたびに倒木が続き今は本来の用途を失ってただの疎林《そりん》になり、そのまま放置されている。そのところどころにダンボールやビニール、捨てられた漁網なんかを使って何人かのホームレスが動物の巣みたいな寝場所を作って住んでいた。

「どこの巣なのか行けばわかるんだろ？」

「一番奥のやつだ。だから遠回りして後ろから近づいていったほうがいい」

海からの風がもう少し吹いていると自分らの足音や服の擦れる音などごまかすのに具合がよかったけれど、こういう夜にベストな状況なんかありっこない。頬こけはだまって鼻曲げのあとについていった。だんだん夜目が利いてきて、二人の目指している一番奥の巣が防風林の後ろ側から見えてきた。といってもやっぱり枯れ葉の下などに住んでいる動物の巣みたいだ。

「いるのはじいさんだっけ」

「トリ目なんだ。だから夜は完全に寝ている。もし気がつかれてもトリ目だから平気だ。

すぐに逃げられる」鼻曲げがまたすすり泣くような声になっていた。

「どこだ？」

「このあたり。間違いない」

鼻曲げのすすり泣くような声はつまりは囁《ささや》き声という訳だった。鼻曲げはじいさんの巣から三メートルぐらい後ろの畑みたいに柔らかい、土の露出しているところで四つん這《ば》いになっていた。両手で土の下を撫《な》でるようにして探っている。自然に頰こけは見張り役のようになったけれど、疎林の中にほかに動くものはなかった。

「あったぞ。このじいさん、前と同じところに埋めている。もう老いぼれてこれ以外別のところを考えることができないんだな」

犬が埋めた骨を掘り起こすようにして、鼻曲げはまもなく弁当箱ぐらいの四角いものを穴から掘り出した。一番外側はビニールにくるまれていてその中は新聞紙のようだ。

「このまま持っていくよ」

「掘り荒らした土はどうする」

頰こけの質問に鼻曲げは何も答えなかったから、結局そのままにして二人は疎林を出ていった。まだ人影はどこにもない。そのまま運河沿いにところどころ灯《とも》されている一番近い街灯の下に行って、掘り起こしたものの土を払った。ビニールとその中に何重にもくるんであった新聞紙を運河に捨てる。ビスケットなんかを入れるブリキの缶が出てきた。蓋は簡単にあき、その中にも新聞紙で包まれたものがいくつも詰まっている。

「金がくるんであるんだよ」

前にも掘り出したことがある鼻曲げが説明する。一〇〇円玉が多かったが、一〇円玉から一円玉まである。べつの新聞紙のかたまりのなかには五〇〇円玉がいくつかあった。紙幣はない。

「いくらになるかな」

「この重さだと多くて三〇〇〇円ぐらいだな」

「まあ仕方がない。じいさんがビールのアルミカンなんか売って稼いだ金だからな」

頬こけが用意してきたビニール袋に金だけ入れていくつもの新聞紙の小さなかたまりと菓子のカンカラを運河に捨てた。潮が引いていて、岸壁の下に一段突き出している低いコンクリートの堤防にカンカラの落ちる音がした。ざわざわいうのは沢山のフナムシの走り回る音だ。大勢の釣り人がのべつまき散らしているアミコマセの臭いがここらの主役みたいな感じだ。まわり中から自分らの様子が見える街灯の下にいつまでもいるのはまずいから二人は漁師小屋の並ぶ暗がりに移動した。

「家賃には遠いよな」

鼻曲げが当然だ、というようにこまかく首を振り、闇の中で小学生みたいに両手をひらいて指を折った。借金は八万円ってとこらしい。

とりあえず小屋を背にして座り、頬こけがシャツの胸ポケットから煙草《たばこ》の箱をだし、底のほうを指で叩《たた》いて器用に一本だけ鼻曲げに渡した。プラスチックライターで素早く火をつけ、白い煙を吐き出す。八万円の目的にはまだちっこい成果だったけれどとにかく最初の仕事はうまくいったのだし。

「続いてシーメンズクラブに押し込むのはどうかな。金持ちが使っているんだから何かありそうな気がするけどな」

「あそこはセキュリティがちゃんと効いているんだ。以前に外からそれらしいコードを切ったらそれだけで腰が抜けるくらいのベルの音が鳴ったよ」頬こけが押し入ったのは一年前のことだという。

「かといって漁師小屋には絶対にろくなものがないしな」

「もひとつ聞いていいかい」頬こけが言った。

鼻曲げは黙っている。

「おまえは女房と夫婦喧嘩するとき、やっぱり女房の鼻も捩じったりするのかい？」

鼻曲げは、何服めかの煙草の煙をしみったれた感じで少しずつ口の横から吐き出し、どうやら考える顔つきをしているようだった。「いろんなふうに夫婦喧嘩してるからなあ。何度かはそうしてたと思うけどな」

「女房はそれで怒っているんじゃないのか。いま頭のなかで自分が捩じられた気持ちになったら、相当に腹がたったたからな。相手が男ならお前は指の二、三本折られてるかもしれない」

「だから男にはそういうことはしないんだよ」

「そうとうイカレているよな、お前」

まだ夜明けまで三時間近くあった。話は自然にこの近くにある廃棄されたままの私設遊園地に行こう、ということになった。鼻曲げのほうが積極的で詳しかった。「あそこは全体が鉄のでっかいかたまりみたいなもんだからよく探せばまだ銅線なんかが見つかる筈《はず》なんだよ。あちこちうまくこじあけるなにかの道具さえ見つかればね」

めったにこないけれど警官のパトロールに注意して沿岸の漁師小屋の軒下を選んで歩き、ヨット溜《だ》まりの近くにある個人倉庫のような建物の陰を利用して歩いた。

「こういう倉庫からヨットをひっぱりだしてそのまま海のむこうまで持っていけたらエライ儲《もう》けになるだろうな」

鼻曲げが相変わらずすすり泣くような囁き声で言った。

「ここらに来るたびにおれもいつもそれを考えていたよ。だけど倉庫の入り口のドアをそっくりあけて、奥の電動ウインチを作動させて海までのちゃんとしたレール軌道にまっすぐヨットを乗せて後ろ向きにゆっくり走らせるんだぜ。そういう手順と仕組みがわかった奴《やつ》がまず五、六人必要になる」

「だから考えただけなんだよ」

二人をちょっと脅かしたのは個人倉庫の棟が切れるあたりでいきなり大きな鳥と出あったことだった。ウミネコよりも大きな鳥でうずくまっているようだった。

「オオミズナギドリかな。へばっているみたいだ。逃げないし」

「そのままにしておこう。産卵かもしれないぞ」

「この季節にか」

「おまえ、この鳥のことを知っているのか？　産卵とか営巣場所とか」

頬こけが聞いた。

「思いつきで言っただけだよ」

「お前は思いつきばかりだな。みんな実現性のない」

「煙草もう一本くれないか」

そのあたりの運河沿いの道の暗闇から夜の怪物みたいな廃棄遊園地のシルエットが見えてきた。おもちゃみたいな小さな観覧車の上の部分が腐食してだらしのない半月のような恰好《かっこう》で斜めに折れてしまったので、ここはもう長いこと「危険！　立ち入り厳禁」になっている。

外側はぐるりとプラ鋼板みたいなものが張られていて簡単には中に入れないようにな

っているけれど、頰こけも鼻曲げもここには何度も来ているから北側の排水パイプを覆った薄板がいくつかの蝶番《ちょうつがい》でぶらぶらしているのを知っていた。そいつをめくり、ちょっと腰を屈《かが》めれば簡単に内側に入っていける。

鼻曲げも頰こけも、この遊園地のことについては何度も話をしていた。幼児むけの「宇宙大回転」は直径六メートルぐらいの円形スペースの真ん中にモーターがあって四つの鉄骨アームの先にプラスチック製のチャチな新幹線と、魚のエラみたいな翼をつけたジャンボ機と水平になったドナルドダックみたいなやつがついている。それぞれ親子二人乗り。四本目のアームの先端についていたのはとうに外れてしまっていて今はない。そこに何がついていたのか頰こけはもう忘れてしまった。鉄腕アトムもどきが空中を飛ぶ恰好をしたやつだったか、もしかするとイルカだったかもしれない。

「あの真ん中のモーターに接続されている変圧器を見ろよ。もうとっくにイカレているんだろうけれど、あのなかにぎっしり銅線が巻かれているの知っているだろう」

頰こけが言った。

「前に考えたことがあるよ。でもあれはカバーを全部はずさないとどうにも手に負えない。カバーをはずすには特大の嚙《か》みつきカッターかバイトのたぐいがないと」

「くわしいんだな」

「だっておれ、ここが廃業するまでここで働いていたって、前に言わなかったっけ」

鼻曲げが不服そうに言った。聞いたことがあるような、そんなことまだ聞いてなかったような。少し考えて頬こけは思いだした。こいつの家の青いドアのむこうで朝を待っているあの女房も鼻曲げはここでみつけたんだった。「入り口のモギリをしていたんだよ。赤い髪してさ」鼻曲げがそんなこと言ったのをついでに思いだした。

「変圧器のカバーが外れたとしても銅線だけとるのは一日がかりだよ。きっと」

鼻曲げがまた気の弱そうな声にもどっていた。あかちゃんみたいなジェットコースターがあって、金目のものがないか頬こけはそこも以前くまなく探したことがある。運転装置にあるリフトレバー、サイドシフトレバー、チルトレバー、ツイストロックレバー、ブーム伸縮レバーなど表示のあるやつを全部がしゃがしゃ動かして、結局それは左右の手とか腕の運動にしかならない、ということがよくわかった。

いいことがひとつだけあった。別のところをひっかき回していた鼻曲げが、まだ使えるかなり大きなワイヤーカッターを道具入れの小部屋から見つけてきたのだ。さすがに元従業員だけのことはある。プラスチックライターの灯《ひ》を頼りに、まだほかにいいものがないかと頬こけが入っていった。そこは三畳ほどの狭い部屋だった。奥のほうにもうとうに腐ったようなボロ布団一式、あちこちネコの小便が染みついているのがわかる。壁にこびりついている蚊とり線香の匂いと、これまでいろんな奴によって沢山はじき飛ばされたのだろうひからびた精液の匂い。

「おまえらがここにいたときはよ、そのモギリの赤毛の女房と、この部屋にしけこんで毎日押し倒したりしていたんだろう」

頬こけは半分冗談のつもりで言ったのだが鼻曲げは本気で反発した。「犬じゃないんだからよ。おれたちはよ」

鼻曲げは意外なことにそれからけっこうしつこくそのことを怒っていた。

「だけど犬のほうがいい場合もあるぞ。犬だとそんなにしつこくモノゴトがこじれたりしないからな」

廃棄遊園地から外に出ると、空気は生きている人間たちのことをみんなして考えてくれていたようで、頬こけは夜の神様も朝の神様もちゃんと誰にも平等にいるのだと信じたくなった。朝が確実に近づいてきているようで遠い海の東のほうにその神様が発射準備をしているみたいに見える。発射準備だなんて神様はロケットなんかじゃなかったけれど。空腹なのとなんだか頭がぼんやりしてきていてゲップひとつで頬こけの思考力なんてそっくり空中に蒸発していってしまいそうだった。

そのまま鼻曲げと並んでヨットハーバーの端のほうに歩いていった。ここにもところどころにヨット囲いがあり、見たかんじ簡単な構造のようでいて、実際に触ってみると硬質プラスチックとぶ厚いキャンバス地で組み合わされたちゃんとした倉庫だった。こういう中にわざわざヨットを入れるにはいちいちマストやセールのたぐいを折ったりたたんだりしなければならないから、よほど長期に放置してあるものか、小型でも高級なヨットなのだろう。

裏側にまわると人が一人出入りできるような簡易ドアがあって、シリンダー錠のノブの下に古めかしく巨大な南京錠がダブルにかかっていた。シリンダー錠を回した鼻曲げが闇のなかで笑っている。

「ぜんぜん利いていない。空まわりしっぱなしだ」頰こけが確かめる。「こいつが壊れているから南京錠をつけたんだな。それなら簡単だ。カッターをよこしてくれ」

頰こけも鼻曲げも同じように痩せていたが、その鼻曲げがよくここまで持ってきたな、と感心するほど重くて大きなワイヤーカッターだった。頰こけは慣れた手つきで南京錠を止めている目釘《めくぎ》にカッターの先端を嚙みつかせると、カッターの重みと握力をきかせてその目釘を簡単に抜いてしまった。

「くくく」と闇のなかで鼻曲げが笑った。

それから二人は森の小動物が巧みにくねって進むようにして音もなくドアの内側に入っていった。中は漆黒の闇というやつで、夜の闇のほうがずっと明るい、ということに初めて気がついた。

「鼻をつままれてもわからない――というやつだな」鼻曲げが言い、「お前がそんなこと言うとなんだかヘンだよ。わざと言っているのか」と頰こけが言った。それからプラスチックライターをつけてあたりを照らした。

闇に浮かんだのは小型のキャビン付きヨットで、塗装がライターの小さな灯で輝くらいだから案外立派な金持ちヨットなのかもしれなかった。どこからかフーゼル油とネコだか犬の死骸の臭いが漂ってくる。

脚立を探して、二人はデッキの上に立った。キャビンの出入口は固く施錠されていたけれど、前甲板のスライディングハッチと呼ばれるところからまたもやワイヤーカッターを使ってキャビンに潜入することができた。海洋にいるときは固く閉ざされているが、陸に上げるとこういうところに油断がでる。もう同じようにして何艘《そう》ものヨット荒らしをしてきた頬こけには簡単な仕事だった。

キャビンはわりあいさっぱりと片づけられていた。鼻曲げがラッパ型をした散光効果がある小型トーチを見つけ、ライターを使うよりは探索が楽になった。

けれど艤装《ぎそう》で金になりそうなものはたいがい固定されていて、外に持ち出せて換金しやすい高額品でコレといったものは見つからない。折り畳み式のダイニングテーブルの下の鍵つき収納箱には医薬品キットやハンディトーキーの予備らしいもの。いくつかの海図と航海記録のようなもの。それに厳重に乾燥梱包《こんぽう》された煙草らしいものが出てきた。その一番下のほうからプラスチックケースに入った未使用の薬品らしい小瓶がざっと二ダースほど並んでいるのを見つけた。

ダイニングテーブルの上でそれらを点検する。拡散したトーチの赤っぽい光のなかでいきなり頬こけが叫んだ。「やった!」

鼻曲げが首をのばして覗《のぞ》きこむ。

「エベナだ。未使用のエベナがざっと二ダース。高く売れるぞ」

「知っている。脳内のセロトニンをどうとかするというのですぐに販売禁止になったやつだろ」

「麦角《ばっかく》が原料だから結局LSDの組成に近いとわかったからなんだよな。だからいまは闇市場でモーレツな高値だ」

「これすぐに売れるか」

鼻曲げの息がいきなり荒くなっていた。


そろそろ黎明《れいめい》といっていい運河沿いの道を二人はやはり同じ歩調で歩いていた。明け方にこのあたりのパトロールはまず行われない。ましてや間もなくまわりが明るくなる全国民の平和時間のはじまりだ。住宅地からだいぶ離れているのでこのあたりは新聞配達もやって来なかった。

「そのじいさん、こんなに早い時間でもいいのかね」

鼻曲げはさっきもそれと同じことを聞いた。

「毎晩遅くまでカラオケやっていて、帰ってくるとビールのあとウイスキーのお湯割りを飲む。それで寝ちまうんだよ。老人だからそれで毎朝キッパリ五時には起きる。だから今頃いくのが一日のうちで一番機嫌がいいんだ」

鼻曲げはまだ信じられないような顔をしていた。「こんなに早い時間にいって、いきなり金貸してくれなんて……」

「いいんだよ。相手は故買屋だからな。商売なんだ。それに売り買いに時間は関係ない。まかせろっていうんだ」

二人の後ろのほうから軽自動車のような軽いエンジンの音がした。スピードを変えずに近づいてくる。

「じいさん、あれに乗っているのかい」

鼻曲げは言った。

「いや、じいさんは今頃事務所の奥のベッドで起きて朝の薬なんか飲んでいるところだよ」

二人の後ろから軽四輪トラックが走ってきて、軽く警笛を鳴らした。挨拶がわりらしい。それだけでまっすぐ同じスピードで通りすぎていった。必要以上に沢山のテールランプをつけている。

「なんだあれ。知り合いかい？」

「あいつはこの通りの先に住んでいる。電気中毒なんだ。正確には感電中毒だな。だからいつもデカヘルメットつけててな、ヘルメットの中で電気のショートをバチバチやって喜んでいる。おれはあいつにオートバイのバッテリーを充電しては三日おきに有料貸ししてるんだ。あいつの言うことにはさ、電気を取り込む充電時間帯でその日の電気のうまさが違うというんだよ。なんでも磁気粘質というのが味をきめてるらしい。粘ってる電気が極上なんだとさ」

「へんな奴ですね」

「あんたと同じぐらいにな」

頬こけが鼻曲げを連れていったところは、大きな前庭と大きな倉庫があるところだった。

「農工具・特殊重機モータース」という看板が建物のわりには控えめだった。その大きな倉庫の端のほうにいかにもあとで付け足しました、といわんばかりの異様さで木造とプレハブのまざった事務所らしい建物がくっついている。

二人はそのままのイキオイで事務所に入っていった。頬こけが言っていたのと違って、親爺《おやじ》は禿頭《はげあたま》を光らせながらピンクのタオルで丁寧にその頭を拭いているところだった。朝の薬はもう飲み終わったらしい。

「掘り出しものだ。今は最終的にいくらにするか決めなくてもいい。急いでいるんでとりあえず今すぐ一〇万円ぐらい用意してくれ」

頬こけは力に満ちた声で言った。親爺は目の上と下におそろしく大きく弛《たる》んだ目袋があった。その隙間からの細い目で新品のエベナの小瓶を眺め、そのなかから一錠だけ取り出してゆっくり舐《な》めた。それから薄い髭の生えている鼻の下あたりをひくつかせた。

五分後には頬こけと鼻曲げは親爺の店を出ていた。親爺のところにはピックアップトラックがあったが、二人とも運転免許証を持っていないので借りずに駆けていくことにした。

「息が続くかな」

鼻曲げが少し首を斜めにして言った。

「ぼやぼやしていると今頃あんたの女房はトランクの鍵を閉めているところかもしれないぞ。そうしたらあんたのそのポケットのなかで膨らんでいる金がもうたいして必要なくなるってことだ」

効き目があったらしく、鼻曲げは急に走りだした。あのスピードのままではじきにへたばってしまうだろうけれど、今は大事なときだ。なんとか自分で体力を調節してあの青いドアまでたどりつくだろう。

頬こけはゆっくり歩いていくことにした。

「おれはいい奴なのかな。悪い奴なのかな」朝のさわやからしい空気のなかで頬こけのゲップがまた出た。大気中に自分の精神の残りがまた飛んでいってしまったのはたしかだ、と頬こけは確信した。さっき商談中に素早くかすめ盗《と》ったエベナの一瓶をあけて一錠だけ口のなかに放り込んだ。飲んだあとこいつを効かせるには酒が必要なのを思いだした。ポケットの中のビニール袋のなかを指でさぐるとトリ目のじいさんのところからこそげとるようにして持ってきたじゃらつくコインを握りしめ、ビールのある自動販売機かコンビニのあるところまであまりエベナを嚙まないようにして同じスピードで歩いていくことにした。

叩きまくり

「ここんとこ、おれ、けっこう、けっこう真剣に、いい死にかた、死にかた、というのを毎晩のように、考えているんだけど、考えているんだけど、うまく思い思いつかないんだ。ああいうことはあんがい、あんがい難しいものだ、ものだということがわかったよ。おれおれ」

鼻曲げは埃《ほこり》っぽい板張りの部屋の隅に、なにか安劇場の舞台装置みたいに、ひとつだけ置いてあるソファにあおむけに横たわり舌をもつれさせていた。もつれた声でしかもカン高いという最低の喋《しゃべ》りかたでところどころ続けて二回言う。こないだと話しかたがだいぶ違うのはきっと奴《やつ》は奴で何かヘンなクスリをやっているからだ。

「そういうことを言っている奴に、いい死にかたを教えてやっても絶対死にはしない、ということが、これはもう世界の法則のようになって決まってる、ということを考えたほうがいいよ」

頬こけはガムをくちゃくちゃさせながら興味なさそうに言った。どう処分したのか二部屋だけの鼻曲げの借家にはもうたいした家具もなく、ベニヤとかラワンを使った安っぽい造りつけのクローゼットのつもりらしい一角には、あちこち中途半端に開いたりしまったりしている開き戸とか引き出しがそのまま放置されていた。ところどころに真新しい叩《たた》き傷があって、そのいくつかは合成板のペンキが剝げたり、陥没してささくれだった繊維が木の花みたいにはじけていた。ところどころ覗《のぞ》いてみたけれど、ろくなものは残されていないようだった。たとえばそれは洗濯物に出そうかどうか迷って丸めたままにしてある汚れた灰色のレースのカーテンとか、やたらに田舎《いなか》くさい色と質感の、何がくるまれているかわからない風呂敷包みなんかだ。

鼻曲げがソファに横たわり喋り方を覚えたばかりの猿みたいにして同じことを何度も言っている部屋と違って、もうひとつの部屋は窓際のほうにキッチンがあるので、全体が明るかった。でも横の壁にある食器戸棚もそこに近づくのが嫌なくらい乱雑に打撃を受けたままだった。流し台に山と積まれた食器はどれも使って汚れてから五、六日は経《た》っているようだし、食器戸棚のガラス戸の一枚は何か硬いもので叩き割ったとすぐわかるくらいに悲劇的とも喜劇的とも言えるどうにも処置なしの破損ぐあいで、その下のかなり広い範囲にガラスの破片がいっぱい落ちていて、それぞれが互いに存在を主張するように、午後のいくらか傾きはじめた日差しを反射しているのが見えた。頑丈に壁に固定されている食器戸棚はクローゼットとおなじくこの家の造りつけのようだった。

流し台の横のリノリウムの床には四角い色の違うあとが残っていて、その大きさからどうやらそこには彼らが住んでからずっと冷蔵庫が置かれていたらしい、と見当がついた。日焼けをまぬがれたむきだしの、いたいけない四角い秘部というわけだ。

「冷蔵庫はどっちが持っていったんだい。お前の女房だった奴か、それともお前が売ったのか？」

「そんな古い冷蔵庫、売れや、売れや、しないよ」

鼻曲げは同じ喋りかたで言った。じゃあどうしたのかなんて改めて聞く気になれなかったから頬こけはそこで数日前までモーターの低い唸《うな》りをあげていた機械を思い浮かべ、結局そいつがこの家の心臓みたいなものだったんだな、ということを考えていた。ビールを飲みたかったけれどこのあらかた死んだ家のどこにもそういうものはなさそうだった。あってもこんなによく晴れた午後に冷えていないビールなんて水溜《た》まりの水とさして違わない筈《はず》だった。

「で、結局、払い込んだ家賃は戻ってこないというわけなんだな」

「払ったのはもう一週間も、一週間も前だからな。だからおれはそのことを、そのことをあいつに言って、家賃を払ったからな、払ったからな、ということをあいつに言ってウチに帰ってきてくれよ、とおれは親切に、親切に、おれの女房に言いに行ったんだ。本当に親切だろう。おれはさ」

鼻曲げは、結局逃げられたままになってしまった女房の話になると混乱がひどくなり、言っていることの意味がよくわからなくなる。

たぶん本人にもだ。

頬こけはそんなことよりも、これだけ意味なく破壊してしまった貸部屋の弁償金がどれくらいになるか、もう少し混乱がおさまったら鼻曲げにちゃんと言い聞かせなくてはならない、ということを考えていた。弁償したくなかったら早いうちにどこかに逃げちまうことだ。

しばらく固形物を食っていない、という鼻曲げとその街の私鉄の駅近くのなんていったっけ、いまだに店の名前を覚えることができない洋風定食屋みたいな店に行った。そこはポパイのマンガに出てくる「オリーブ」みたいな細長い女がいつもいて、経営者なんだか雇われているんだかわからないけれど、顔だっていつも本気で力をこめた笑顔だ。注文を聞いて厨房《ちゆうぼう》に戻っていくとき、意識しているのかそうでないのかアメリカ映画に出てくる女みたいにけっこう形よく引きしまった丸い尻をきりきり揺すっていく。

鼻曲げもその店に何度かきているらしく、喫煙席のほうに自分でさっさと歩いていった。オリーブが丁寧な口調でメニューと灰皿を持ってきました、と言い、鼻曲げはそれより早く煙草《たばこ》に火をつけていた。

メニューは厚紙にイラストつきで可愛《かわい》らしく印刷されたもので、頬こけの知っているかぎりこの店が開店したときから使っているのと同じものだ。

スパゲティかピザか、どっちがいいか鼻曲げに聞いた。

「おれはごはん、ごはんがいい。ごはんもの。それからビール。おれ、おれまだ金残っているから、残っているから、それくらいおごるからさあ」

頬こけは鼻曲げのためにピラフを頼み、自分はビールだけにした。小瓶が出てきたので、二本にしてもらった。オリーブが「ごめんなさいね」と明るい顔で謝り、また丸い尻をきりきり揺すって戻っていった。

鼻曲げと頬こけは小さなグラスを無視して、ビールの小瓶を互いにあいまいなタイミングで空中に少し持ち上げ、しばらく静止させようとしたが鼻曲げの手はこまかく震えていた。それから二人は黙ってそれをラッパ飲みした。

道をはさんで店の向かい側が駅で、さして特徴のない地方都市のローカル線にしてはけっこう遅い時間まで電車が入ってきたり出たりしていた。そのたびに駅から聞こえるテープの声が何か喋っていたけれど、頬こけにはその声が鼻曲げの、無意味に二回くりかえしている喋り方と同じように聞こえてしかたがなかった。

頬こけが小瓶のビールを三本飲んでいる間に鼻曲げはピラフを全部食い、そのあいだに小さな子を数人連れた二人の女が入ってきた。子供たちはかれらのあいだで流行《はや》っているらしいアニメかなにかの登場人物の最近の話に夢中になっていた。もうじき小学生かどうかぐらいのポニーテールにした女の子が「ドリーもドドリーも味方なんだよ。みんな仲間だからね」ということを熱心に主張し、同じぐらいの女の子が「じゃあハミィだって同じだよ。伝説の音符を集めているんだし」というようなことを言った。ポニーテールの子が「同じだけど少しちがう」と主張し、何がどうしてなのかわからないちょっとした不思議な言い合いになっていた。

その騒ぎによって、自分らの言っていることがまわりの誰にも、とくに真剣な笑い顔のオリーブにも聞こえないだろうということを好都合に、頬こけはこれからやろうとしていることを鼻曲げに簡単に説明した。

「だからよ、このあいだお前と行った故買屋の親爺《おやじ》を脅しに行くんだよ。あのやろう、呆《ぼ》けたふりをしてまったくでたらめなことを言っているんだ。あんなことなかったってさ。あの朝おれたちが持ち込んだエベナだよ。あれを知らないというんだ。だからおれは証人を連れていく、と言ったんだ。あれが本当にあったことだ、と言える奴をな。だからお前は、黙っていていいから、おれが何か言ったときに頷《うなず》いていればそれでいいんだ。ちゃんとまともな顔してさ」

「わかったよ。おれ、おれ。エベナのことを覚えている。あの親爺が、おやじがよ。喜んでいた。それだからおれたちに金を、金をよこしたんだ。そんなことみんなわかっているよ」

鼻曲げは少し興奮したらしく犬みたいにときどき唸るような声をだした。唸っている最中にオリーブがやってきて、コーヒーを飲みますか、と聞いた。この店は食事をするとコーヒーがタダでついてくる。「頼みます」と頬こけは言い、そのあいだも鼻曲げはまだ低く唸っていた。もうその唸りにはなんの意味もないようだったけれど。

「でもその前に聞いていいかい」

鼻曲げの犬のような唸り声をやめさせるために頬こけは聞いた。

「さっきの途中までの話だよ。お前は女のところまで行って、迎えにきたよ、と言ったんだろう。そこまではわかった。そのとき出てきた男と、そのあとどうなったんだ。喧《けん》嘩《か》みたいになったのか」

「そうだな。結局、あのときはけっきょく、そうなったんだ。そうだな」

鼻曲げは悲しげに言い「そうだな」が繰り返された。家に一人で帰ってきて、こいつが部屋にあったなにか硬いものを振り回し、さっきみたいに犬みたいに唸りながらクローゼットとか食器戸棚のガラス戸なんかを叩きまくっているところが頬こけの目に浮かんだ。鼻曲げは、結局その男の鼻も、自分の女だった奴の鼻も指でねじって曲げることはできなかったんだ。人間、それなりに親しくないと、とてもそんなこと、急にできるわけはないもんな。そうだな。

運河沿いの道が薄暗くなる頃に頬こけと鼻曲げは目的の場所が斜め前方に見えるところにいた。「農工具・特殊重機モータース」という小さめな看板がようやく読み取れるくらいの距離だ。それらの中古機械が入っている倉庫のシャッターはまだみんな開いていて、奥のほうに少しだけ蛍光灯の明かりがついていた。中に人の気配はなく、時々轟《ごう》然《ぜん》と突っ走っていくトラックと、犬の都合で進んだり止まったりしている中年の女性がそのたびに顔をあげて通りの左右を見たりしていた。そのままだと頬こけと鼻曲げが立っているこっち側の道路に渡ってきそうなので、頬こけは鼻曲げを促し、少し歩くことにした。

いくらか迷っていたけれど、歩きながら頬こけはもう少しまとまった金を持っていないとあの貸家を出るときにひと悶着《もんちゃく》おきるんだ、ということを鼻曲げに言った。

「なんで、なんで、そうなるんだ」

鼻曲げは聞いた。

「破壊したあの部屋の修理代がどのくらいになるかわからないだろう。あのまま出ていったら大家は警察に行くだろうな。そうするとお前なんかすぐに捕まってしまうよ」

鼻曲げはそういうことがわかっているのかそれとも全然理解していないのか頬こけにも判断できないくらい平然としていた。

「だからさ、これからあの店に行って、確実に親爺からこの前の金を清算してもらわなきゃならないんだよ。お前の取り分ももっとあるしさ」

犬の散歩者は、どうやらこちら側には渡らずそのままの方向を歩いていきそうだった。それを確かめてから頬こけはいったん立ち止まり、さっきのところまで戻ろう、と鼻曲げに言った。

「カネ、あとどのくらい貰《もら》えるかな。どのくらいのカネ。料金さ」

鼻曲げはまた少し興奮してきた感じだった。「正確にはわからないけれどな。末端価格でいったら半端な額じゃないよ。だからあのとき親爺は担保も預かり証もなくあんなに簡単にすぐに一〇万も出したんだ。おまえそのくらいわかるだろう」

「うん。そのくらいおれわかる。そのくらいおれ」

鼻曲げはどこまでわかっているかわからない従順さで言った。道路沿いにいくらかへこんだところに雑木林があって、ちょっとした粗大ゴミが木立の中に捨てられていた。

「おれ、おれ、ちょっと小便をしたくなった。さっきのビールだな。きっとさっきのビールだよ」鼻曲げが雑木林にむかった。

頬こけもいくらか緊張感があったので鼻曲げの隣で小便をした。自分のか鼻曲げからのものかはっきりはしなかったが、たぶん鼻曲げの小便のほうからだろう、アセチレンのような匂いがふきあがってきた。

「ちょっと、ちゃんとおしえろよ。お前いったいなんの薬飲んでいるんだ？」

「いま、いまおれ飲んでるのか？」

「ああ」

「ただの鎮痛剤だよ。鎮痛剤。痛みとる薬。おれ頭痛くてあれから頭痛くて、それで頭痛友達にもらったんだ」

「頭痛友達？」

「みんないるだろう。そういうの」

いないよ別に、と頰こけは答えようとしたけれど、いまは奴の言うことをすっかり全部聞いておいたほうがいい、と考え直した。

「なんていう薬？」

「なんていったっけなあ。そうだ。パパベリンとかいうやつ。パパベリンだよ。それとそれとコデインを一緒に飲むんだ。末梢《まっしょう》神経がゆるくなる、ゆるくなるやつ」

「何時《いつ》から飲んでいる？」

「あれからだよ。あの日の朝からだよ。あれからの朝。朝も昼も夜も。夜中もだな。毎日続けて多めに飲んでた。多めに飲んでた。口にさ、飲んでいたのは、だから、おれ口にしてたのはだから、その薬と水だけだった」

「それで死のうと思っていたのかい」

「その方法のひとつだった、ひとつだったんだけど、なかなか、難しいんだよ。死ぬのはさ。難しいんだよ」

散歩している犬はとうに頰こけたちの向かいの道を通りすぎていったけれど、でも振りかえれば頰こけたちの姿が見える距離でまだぐずぐずしていた。贅沢《ぜいたく》な犬で、自分の好きな時間だけいろんなところに首を突っ込んでそこらの臭いを嗅いでいるので、通りの視界からなかなか消えてくれなかった。

その犬の散歩おばさんの顔が反対側を向いているときに、頰こけと鼻曲げは道路をわたって親爺の店の側に行った。この短い時間にいつのまにか農作業機械の並んでいる倉庫のシャッターは全部下ろされていた。結局は今の停滞も有効だったわけだ。

頰こけと鼻曲げが事務所のガラス戸をひいて中に入っていくと親爺はいつも商談をするときのソファに座って何か考え事をしているような様子だった。そこへ頰こけたちがいきなり入っていったのは頰こけたちからいったら効果的だった。入ってきた奴が誰なのか知ると親爺の顔がゆっくり硬直していくのがわかった。

「親爺さんまた来たよ。今度は証人を連れてきたからさ」

頰こけはわざとだろうが、ソファに座っている親爺の膝に自分の足がぶつかるぐらいまで接近して仁王立ちになった。そうすれば少しは威圧的になるだろうと頰こけは計算していたようだ。部屋の奥、親爺の簡易ベッドのあるあたりからラジオが聞こえていた。

夕方のニュースだ。

「なんの話かね」

親爺は両目の上と下に幾重にもかさなった目袋の皺《しわ》を少しだけ動かしながら自分の前の左右に視線を踊らせた。その片一方の端には鼻曲げが立っている。

「あのときあいつがいたのを親爺さん覚えているだろう」

頬こけはゆっくり腰をおり、親爺の顔に自分の顔を近づけるようにして言った。親爺は厚い目袋のなかで目を動かした。目袋がなかったら睡《ねむ》っている梟《ふくろう》の目みたいになっているんだろうな、と頬こけは神経を集中してその様子を観察した。

「だから、あれはおれが勝手に見た夢みたいなもんだ、なんて逃げ口上はもうきかないんだよ。だいたい夢みたいなもん、て何なんだ。夢じゃないんだろ、それならよ。夢みてえなホントの話、ということだ」

「お前らに払う金ならもう済んでいる」

親爺は案外落ちついた声で言った。鼻曲げを連れてきたので親爺はすっかり開き直った、という感じだった。

「冗談じゃない。おれたちは命をかけてあれを見つけてきたんだ。今すぐあんたの手提げ金庫を渡してもらいたい。それができなければあのエベナを全部返してもらいたい。手付けの一〇万円分だけは残すけれど、相場からいってひと瓶だけだよ」

頬こけは本当に怒りだしていた。親爺は相変わらず目袋の中の目玉をゆっくり左右に動かしながら、頬こけの話なんかひとつも聞いていないような顔をしていた。

「これでまだしらばっくれるなら、おれたちで勝手にカネかエベナのどちらかを探して持っていくよ。あんたには長いこと世話になってきた。これまでなんでも互いにキチンと取引してきたじゃないか。今度は銅線なんかよりはるかにでっかいブツだからよ、こんな話になっている。でもおれたちの友情はまだ大事にしようよ。親爺さん」

友情なんて言葉使っちゃって頬こけは自分が少し恥ずかしかったけれど、今が攻めどきなのは間違いなかった。

でも親爺はしぶとく、どうやら何も話さないか、何も行動しないことに決めたようだった。

鼻曲げも、いまのやりとりの意味は理解しているようで、さっきよりも頬こけの近くにやってきた。親爺の目玉が袋のなかでまた動いている。

「親爺さん、おれたちは急いでいるんだ。あと二分でカネかエベナのどっちかをおれたちに渡してくれ。そうでないとあんたをどうにかするぞ。おれたちは本気なんだからよ」

鼻曲げがゆっくり頬こけの後ろをまわり、カーテンで仕切られた部屋の奥に入っていった。親爺の簡易ベッドのあるところだ。

「こら、そこをいじるな、お前」

親爺がしわがれ声を出した。恫喝《どうかつ》するみたいな口調だった。どうやらその口調に鼻曲げが反応しちまったらしい。簡易ベッドのほうから鼻曲げが出てきた。顔が怒っている。そして片手にワイヤーカッターをぶらさげていた。あの日、頰こけたちがヨット破りをして、エベナと一緒にここまで持ってきたずしりと重いやつだ。鼻曲げはそのまま親爺の後ろ側に回り、ワイヤーカッターを両手で握ると親爺の頭の後ろにむかって薪割《まきわ》りみたいに叩き降ろした。手加減のない殴りつけかただった。ベコッという鈍い音がして親爺は前のめりに倒れた。陥没した頭の後ろが頰こけからよく見えた。鼻曲げの家のクローゼットのへこんだラワンと同じだ。

赤い生き物みたいな血がそのあたりから膨らむようにして流れてきた。

「おい、本当かよ。殺しちまったよ。おまえ、簡単に殺しちまったんだよ」

頰こけのほうが狼狽《ろうばい》していた。

「だって、こうするより、こうするより、方法はない、方法はない、と思ったからさ」

鼻曲げは不思議に落ちついていた。それからしばらく二人は黙って突っ立っていた。親爺の血は前かがみになった背中のシャツをどんどん赤く染め、陥没部分からは歳《とし》のわりには驚くほどたくさんの血が溢《あふ》れ続けていた。

頰こけと鼻曲げはわりあい早い段階でエベナを見つけた。非常にわかりやすいところにあったからだ。雑多に書類の入った金属棚に並んでいたかなり大きなロッカーのなかにそいつはここに持ち込んだときと同じ状態であっさり見つかった。

ロッカーはまだ施錠する前で鍵がついたままだった。同じキイであく鍵穴がバランスよく三カ所に分かれてついている不思議なやつだ。エベナのかわりにそのロッカーの中に親爺の血まみれ死体を入れた。まだ血が流れ続けているので毛布やタオルケットをロッカーの下と親爺の死体に巻いてかしこまらせるような恰好《かっこう》で強引に詰め込んだ。それだけ幾重にもくるめば血はタオルケットや毛布が吸収して外までは流れ出てこないだろうと見当をつけた。驚いたことに鼻曲げはすっかり落ちついてその仕事を積極的にうまい具合にやった。

「まだソファにさ、血がついているだろう。血がさ。きっとたくさんしみ込んでいるのに違いないよ。違いないよ」

「倉庫の裏に捨てるところがある。そこまで早いところ持っていこう」

「そうだね。持っていこう。ふたりで持って。そこまで行こう」

親爺の後頭部をワイヤーカッターで叩いて陥没させてから、鼻曲げは前よりも元気になっているのはなぜなんだろう、ということを頬こけは少し考えていた。それからこのあと自分たちのやるべきことはなんだろう、ということに考えをめぐらせた。

点滅信号

そいつが次に口にする言葉はもうわかっていた。

「だけどよ」

なのだ。そうして奴《やつ》はやっぱりそう言った。この前見たときとそっくり同じ場所。カウンターの一番端のハイチェアに座って、もがついた声でそう言った。セイウチみたいに無意味にでかい動物がアニメで喋《しゃべ》るとしたらきっとこんな声だ。前と少しだけ違うところはあのときの縞《しま》シャツから洗濯のしすぎで色落ちして全体に繊維の伸びているポロシャツにかわっていることぐらい。たいして時がたっているわけではないけれど、少しだけ季節が進んだってことだ。

「あんたが双子だとしたら、秀彦君とは顔がずいぶん違うよな。普通は双子ならもう少し似ているところがあるもんでしょう」

結局おれはまたまんまとこの退屈親父の餌食になっているのだった。

「でも、まあね、そういうこともあるんだろうね。二卵性双生児なんでしょう。あんたは小さい頃養子に出されたらしいけれど、でもそんなこと、ああしは知らなかったし、ここらの人も誰も知らないと言ってるけれどね」

それにしてもずいぶんずけずけものを言う親父だ。カウンターの中にいるママがやっぱりこの前みたいに濃すぎる口紅を大きな縦型の「わっか」にしたり横に引き伸ばしたりして「次はどうするの」と聞いた。同時におれの前のからになったグラスをコースターごとひとさし指で少し押していた。そんな話はもう答えるのやめなさいよ、という意味でもあるんだな、とおれは勝手に解釈した。

「さっきと同じものを」

たいして意味はなかったけれど、おれはいったん腰を浮かせて座りなおし、わりあい大きな声で言った。

「だけどよ」

と、ポロシャツは蚊取線香の先みたいに赤く光っているような小さな目でまだしつこく言った。その目が赤く光っているように見えるのは、店の中の安っぽい回転灯の赤い光の帯がちょうど親父の目のあたりを回っているからだ。

「あそこの内藤さんに息子が二人いたなんて、けっこういい話なんだけどさ」

その話が全部終わらないうちに店のドアがあいてやっぱり見覚えのある女が入ってきた。彼女の開けたドアの隙間からちらりと見えた外はもうちゃんとした夜の濃い闇になっている。入ってきた女の名前はあの晩聞いたような気もしたがあの日はとことんエベナにやられていたからそんな頭と神経では覚えていられるわけがない。でもその女の顔の大きいことだけは覚えていた。この店のホステスの一人か、あるいは店づきの売春婦かなにかだ。

「ママ。このなか蒸してますよ」

顔の大きな女が言った。

「ママ。少しだけ除湿機のスイッチ入れたほうがいいみたい。入ってくるとき店のなか、お湯撒《ま》いたみたいに熱く湿ったかんじだったから」

その日のエベナの効きめは、まだウイスキーを飲んで間もないからいまのところはゆっくりだけれど、この店にやってきたおかげで気分はいくらか安定したように思った。

ここらを歩いているとみんな知らない顔ばかりだから、おれは様子がわかるまで昼間はできるだけあの家のなかにいたいのだが、おばあちゃんが世話をやきすぎるのがおれには贅沢《ぜいたく》に辛《つら》いところだった。

おれはずっと秀彦君になりきって曖昧《あいまい》な返事をしている。そうしてテレビのニュースばかり見ていた。交通事故を起こしたクルマの荷台のロッカーに死体があって、運転手が行方不明になっている、という事件について、テレビはその後何も続報を出していなかった。おれの居候している家は新聞をとっていなかったし、二度ほどコンビニのある街までバスで新聞を買いに行ったけれど、どちらの日の新聞も事件のことにまったく触れていなかった。

おれがテレビのニュースの時間になるとその前にへばりついているから、親切なおばあちゃんはテレビで語られていることについて、いろいろ話しかけてくるので、おれはそれを適当にあしらわねばならなかった。

でも北陸のどこかの海岸でとれるゲンゲ科の魚に糜爛《びらん》性のヌルが出ることがわかった、というローカルニュースは何のことかわからず、生産者と同じようにおれだって困惑していた。それでも何かとんでもなく見当違いな返事をしないかぎり、おれとその老婆とのあたたかくていろいろまともにズレている不思議な会話みたいなものはちゃんと成立していた。

おれが考えなければならないのは、いつごろこの家を出ていくかそのタイミングだった。テレビのニュースがまったく触れないので、そのための情報を少しでもこの店で摑《つか》めれば、という考えでやってきたら一番会いたくない奴が悪い予感どおりカウンターの端で待っていた、という訳なのだった。

話がどこからどんなふうに伝わっているのかわからなかったが、おれはあの家の双子のかたわれということになっているようだった。狭い町だから適当な話が作られ、それがひろがっていくスピードが猛烈に速いのだろう。やっぱりこの店に来てよかった、とおれは思った。警察がつまらない関心をもたないうちにとっとと出ていくことだ、と瞬間的に判断できたからだ。

　この店にくる前にエベナを二錠かじってきたのもよかった。もう瓶の半分がた飲んでしまっていたし、この店にくることじたいはそんなに緊張することはないのだけれど、誰がいるかわからない。ウイスキーのストレートを五杯ほど飲んでいるうちにエベナが少しずつ効いてきて、店の中にいる人たちの突出した部分が次第にふわふわ浮きだして見えてきた。

　いましがたやってきた顔の大きな女はカウンターに入るまえに化粧室に長いこといたから多分いろいろ厚く化粧品を塗りたくっていたのだ。カウンターの薄闇のなかに入るとその厚みのある化粧だけが顔面から少しずつ剝離して、顔の前三センチぐらいのところに浮いて、顔と一緒に動いているのがよくわかった。顔より三センチほど浮揚して顔面と同時に動いているお面みたいなものだ。

「この前きてくれた人ね」とその化粧のお面が三センチむこうの顔面と一緒にきれいにシンクロして愛想笑いしていた。

　それにしてもいい考えだ、とおれはつくづく感心していた。双子のかたわれなんてまったくいい考えだ。

　店のドアがまた開いて、動く粘土のかたまりみたいな親父が入ってきた。動作こそ前と少し違うけれど、おれはその親父のことも記憶していた。この前この店に飛び込んだときにはその親父はもうすっかりぐたんぐたんに酔っぱらっていて、さっき入ってきた顔の大きな女と暗いボックスのコーナーで半分がたソファとかそのあたりの闇に溶けていた。酒をまだ飲んでいないからか、飲んでる量が少ないからなのかその日は自分の足でちゃんと前進していた。でも表情がよくわからなかった。どこかの寺の伽藍《がらん》の隅なかに立っている埃《ほこり》まみれの塑像《そぞう》みたいにヘンに無機質だ。そいつは店のなかを半分ぐらい見回してから、この前と同じボックスの同じ位置に座った。あの日、この店はカウンターのポロシャツとこの塑像みたいな親父二人の客で成りたっているんだ、というようなことを赤い「わっか」のようなくちびるのママが言っていたのを急に思いだした。やっぱりあの話は本当なのか、と一瞬思ったけれど、まさかこの二人の水揚げだけでやっていける筈《はず》はないから、売春とか、この前みたいにここらのカップルなんかに二階の部屋を時間貸しかなんかしているのだろう。あのあとおれはここらの経済が半導体の工場で成り立っていて、そこの従業員の多くがブラジル人らしい、ということを知った。カウンターの端にいるポロシャツがまたさっきの話題をおれに振ってくるのを避けるために、いくらか冒険だったけれど、敢《あ》えてこのあいだの高速道路の事故のことについて、目の前の口紅真っ赤のママに聞いた。

「ああ。お客さんがここに来た日の事故のことね。あそこは魔のカーブといってよく似たような事故がおきるのよ。あのときは荷台に載っていたロッカーに死体があって大きな事件になりそうだったけれど、被害者の死亡時刻があの事故のだいぶ前だということがわかって、警察の調べはあの被害者の経営していた会社のほうに移っているみたいよ」

ママの説明はわかりやすかったが、口紅の赤い「わっか」がやっぱり三センチぐらい顔の前にでっぱって浮遊し、せわしなく開閉しているので顔についてる口か、空中に浮いている口紅の「わっか」のどっちが喋っているのか時々混乱するので困った。

「その会社ってどこなんだろう」

あまりこだわるのも危険だったけれど、それだけは聞いておきたかった。

「クルマにあった車検証で持ち主も被害者も同じ人で、会社の場所も簡単にわかったらしいけれど、この高速道路のずっと海側のほう。河口の付近にあるみたい」

粘土親父が何か唸《うな》って顔の大きな女がすぐに反応した。よく聞きとれなかったけれどきっといつもの飲み物を追加注文したのだ。

また店のドアがあいてちょっとがさついた感じの男の客が入ってきた。スーツではないけれどちゃんとした身なりのサラリーマンみたいな連中だった。

「ママ、暑いよ、この中暑いよ。外はもうすっかり夜になってだいぶ湿気がましてきているんだよ」

「ごめんなさいね。さっき除湿機フルにしたし、クーラーもいれたから」

新しい客は三人連れでカウンターのおれとポロシャツの間に座った。一人が素早く先客の顔ぶれを見定めているのがわかった。それから少し経《た》って誰かと約束してるみたいに二〇代とわかる身のこなしがすばしこそうな若い男が入ってきた。けっこう客が入る店じゃないか、とおれはさらに効いてきたエベナの浮遊効果のなかでカウンターの奥のママの赤い「わっか」に見惚《みと》れていた。

あたらしく入ってきた若い一人客はめったにはこない客らしく、いやにおとなしく店のもう一方の隅の、ひとり対ひとりの面接席のようなところに座って少しため息みたいなのをついているのがわかった。真っ黒な、自動車修理工みたいなツナギの服を着ている。

三〇分後にそいつとおれは闇の多い、高速道路沿いの道を歩いていた。店のなかでは暗すぎてわからなかったけれど、一緒に店を出るとき、入り口の上にアーチ型に作られている半分がた壊れてチリチリいっているネオンのあかりで、そいつの左の頰から首筋にかけてかなり目立つ裂傷の跡が見えた。

背恰好《せかっこう》はおれと同じぐらいだったが、おれよりいくぶん痩せていた。あれはたぶんエベナがいい具合に効いてきていて、おれにそうする勇気を与えてくれたのだ。おれは一番最後にやってきたそのツナギ服の男の前の、一人しか座れない席にスルリと移っていって「サケおごるよ」とそいつだけに聞こえるくらいの声で言ったのだ。普段のおれではそんな社交的なことはとてもできない。

　ツナギ服の男はさして驚きもしない顔で黙っていくらか頷《うなず》いてみせた。「あの黄色いポロシャツの親父がしつこいんだ」おれは続けて低い声で言い、ツナギ服がさっきと同じぐらいの反応で少しだけ頷いた。そうしておれたちは黙って長いあいだの友人みたいにしてそれぞれのサケを飲んだ。

　おれたちの席の隣の四人がけのボックスに座っていた粘土みたいな親父のところに顔の大きな女が座り、何か言ってすぐにたちあがり、またボックス席に戻って「きゃあ、嬉《うれ》しい」と若い女みたいな声を出した。

「あの親父はあれでけっこう金持ちなんだ。でも長いこと石綿を吸い込んでしまってもうあまり生きられないんだよ。目も夜はあまりよく見えないし」

　おれみたいに囁《ささや》くようにしてツナギ服は言った。「それでいまの楽しみはあの女にチップをあげて少しだけおっぱいを触らせてもらうことだけなんだ」そいつがボソボソ言うことをすべて聞き取るためにおれは前のめりになり、ハタから見るとそれによっておれたちはますます仲のよい友達のように見える筈だった。

　それから暫《しばら》くしておれたちは店をでた。店の金はちゃんとおれが払い、おれたちは殆《ほと》ど同時に雨の匂いのする外に出てそのまま同じ方向に歩いていた。

「聞いていいかい」ツナギ服は店を出て五分ぐらい歩いてからいきなり言った。おれはそいつの横顔を見た。店のなかと同じようにさして表情のない顔だった。

おれが黙っているのは「なんでも聞きなよ」と言っているのだとそいつは理解したようだけどそれは半分あたって半分ハズレていた。そいつに何か質問されるよりはおれが聞きたいことがいっぱいあったからだ。でもそいつは遠慮というものがないようだった。

「あんた、あの夜に事故ったピックアップトラックから逃げだした人だろう」

ずっとむこうの信号が青から赤の点滅になったのがいくらか滲《にじ》んで見えた。「こんなに蒸し暑いのは空気中の水分が多いからなんだよな。ここらの空気が水分で飽和しつつあるんだ」おれは歩調を変えずに言った。

「だからあのむこうの信号が雨でもないのに滲んで見えるんだよ」

「あのピックアップトラックの運転手、やっぱりあんたなんだよな」ツナギ服は何か嬉しがっているように少し息を弾ませているようだった。どうしてそんなことで嬉しくなるんだこいつ。

「だからおれも言うけれど、あのときあんたのクルマの前を走って横断したの、実はおれなんだ。でもそのこと、もうあんたはわかっていたんだろ。あの店でおれの席に来たときからさ」

「やっぱりもうじき雨が降るみたいだよな」そいつにいきなりズバリと言われたのでいささか狼狽《ろうばい》し、おれはうまく対応できずに全然ちがう話を続けた。わざと嚙《か》みあわない会話をしながらおれたちは赤の点滅信号の前までやってきた。いま世話になっているあの親切なおばあちゃんによって嚙みあわない会話には慣れているんだ。

「だから言うけれど、今からおれたち一緒に少し金儲《もう》けにいかないか」

ツナギ服が小さな十字路の交差点に立ち止まったまままそう言った。

「どうしていつまでもここに立ち止まってるんだ。赤点滅の信号は左右に注意して渡っていいんだぜ」しばらく会話をはぐらかしていたがそれをきっかけにおれはそいつとまともに会話することにした。

「それで何を？」

「だからあんたに聞いているんだ。金儲けにいくんなら、ここから右に曲がる方向なんだよ。行かないんならおれたちはここでそれぞれ自分の行く方向に曲がる。あんたは左のトンネル道だろう。あのボケばあさんが待ってるよ」

「金儲けの内容をもう少しくわしく聞きたいな。下手《へた》をこいて捕まるのは嫌だからさ」

「煙草《たばこ》持ってるかい」

それまでおれは煙草を吸うのを忘れていた。それもエベナのせいだったような気がした。あれをやるとアルコールのほうの反応を欲しがって煙草を吸うのを忘れてしまうみたいだ。いやその逆にもしかすると煙草によってさらにとんでもなく効いてしまうからなのかもしれない。ポケットの中からマールボロを出して、ツナギ服のためにその中の一本を指ではじいて突き出した。ライターはあの家の仏壇の下の小さな引き出しから持ってきたやつだ。

おれたちはほぼ同時に煙草の煙を吐いた。

「どうしていままで吸わなかったんだろうな。ちゃんと煙草持っているのにさ」

ツナギ服が言った。

「きっと吸いたくなかったんだよ」

おれもツナギ服もそれで二人して笑った。たいして、というよりも、ぜんぜん面白くもない会話なのに、だ。

「金儲けというのはさ、さっきあの店の隣のボックスにいた親父の家に押し込むんだ。あいつ、ぜったい自分の家のどこかにかなりの現金を隠している。もうじき死ぬんだけれど銀行を信用してないんだ。それから兄弟や実の子供らとかもさ。だから自分の家のどこかに絶対かなりの金を隠している」

「どうしておれを誘ってるんだ？」

おれは用心しなければならなかった。

「あいつの家、無駄に広いんだ。あいつがあの店で飲んでいるのはあと二時間ぐらいだからそれまでに見つけないとさ。それには一人より二人のほうが話が早い」

信号が青になり、また赤の点滅に変わった。その赤の点滅と、ツナギ服のふかすせわしない煙草の火の強弱が不思議と同調している。それを言うとまた笑いたくなるかもしれないからおれは黙っていることにした。

「聞いていいかい」

そのかわりにおれは言った。さっきツナギ服の言ったのを口真似《くちまね》したつもりだがツナギ服はそれに気がつかなかったみたいだ。

なんでも聞きなよ、という顔をして奴は黙った。

「おまえはなんであの日、おれのクルマの前をあんなふうに乱暴に横切っていったんだ。おかげでおれはたいへんまずい状況になっているんだぞ。もしかしたら死んでいたかもしれないし」

「それを謝りたかったんだ。あんたがあの店に顔を出したって聞いたから、詫《わ》びのチャンスを狙っていたんだ」

「店の誰がおれのきたことを連絡したんだ？」

おれはエベナをもう一錠嚙みたくなっていた。こいつあの店の誰とつながっているんだろう。

ツナギ服はそれには答えなかった。そのかわり、というかんじでおれがその前に質問したことに答えはじめた。

「おれは走り屋なんだ。高速道路がいちばん効率がいい。必ず夜更けにやる。雨だといちばんいいんだけどさ。カーブになっていて見通しの悪いようなところで待っている。それで走ってくるクルマとのタイミングをはかって全速力で横切る。たいてい運転手は動転してハンドルだとかブレーキだとかを狂わせてガードレールにぶつかったり、ひどいときはそれを突き破って転落したりする。そのあとに助けるようなふりをして、金目のものを盗んでいくんだ。財布とか時計とかさ。いろいろあるだろう。そういう走り屋って奴、全国にけっこういるんだよ。知っているだろう」

知るもんか、とすぐに言いたかったが黙っていた。考えてみるとあの日、エベナにやられていながら、おれも向こうからヘッドライトをギラギラさせてくるクルマの前をぜんぜん意味もなく走り抜けたのだ。冗談じみた偽の記憶のような気もするが、でもやっぱり実際に走り抜けた記憶が強くある。

おれはズボンのポケットをさぐり、もう一錠エベナの平たい錠剤を引っぱり出してすぐに齧《かじ》った。体が要求しているとおり今すぐウイスキーがほしいところだった。

「でもあのときあんたのトラックには何もなかったな。まったくあんなクルマに命をかけて損をしたよ。酒だの薬だののカラ瓶ばっかり。ひとつだけ栄養剤みたいな瓶の、まだ蓋をあけてないのがあったけれど、それをちょうど摑んだところで後ろから幌《ほろ》つきトラックが追突してきたんだ。おれはすぐにあんたとは反対の方向に逃げた。だから荷台のロッカーのことはしばらく知らなかったんだ」

まだあの運転席にもうひと瓶エベナがあったのだ。その話は耳寄りだった。こいつの口ぶりではその中身についてまだ何も知らないようだったし。

「悪い奴だなおまえ。じゃあこれまで何人か運転手を殺しているかもしれないじゃないか」

「それはないっすよ」

ツナギ服は急にガキみたいな口ぶりになった。「どうしてそうとわかる?」

「ニュースにちゃんと出るからね。事故を起こした奴は警察の調べで何か幽霊みたいのが横切っていったので慌てて、なんて言っている。わらっちゃうよな。でも警察はそんな話まったく信用するわけないけどよ」

無灯火の自転車に乗った男がおれたちを横目で見ながらゆっくり十字路を通過していった。

「警察は幽霊の話なんかぜんぜん信用しないで、それよりか運転手の飲酒のほうを厳しく調べているんだ。まあ当然だと思うけれどさ。だからおれはまだ誰も殺していないということを知っている。もし誰か死んだとしても間接的なものだしさ。でも一人だけあんたがどうしたかしばらくわからなかった。本当にしばらくどこに行っちまったかわからなかったからな。怪我《けが》して死んだりしていたら気持ち悪いしさあ。だからずっと気になっていた、という訳さ」

「お前、本当に悪い奴だな。おれがお前を警察に突き出すことだってできるんだぞ。いますぐに」

「そうしたらおれだってすぐに喋ってしまうよ。運転していたトラックの後ろに死体を積んでいたあんたのことを詳しく喋っちまうよ」

「悪い奴だな、おまえ。本当に」

気がつくとおれたちはもう信号が一〇回ぐらい変わっているのにずっと交差点に立ったままでいた。そのあいだ七、八台のクルマが走っていったような気がする。

「で、どうするね。おれと一緒に右に曲がるかい」

そいつは外に出てからそこではじめておれの顔を正面から見た。点滅信号の赤い光のなかでそいつの凄味《すごみ》のある頬の深い傷跡がはっきり見えた。きっと走り屋のときの事故かなにかで負った傷なんだろう。

「そうだ。その返事を聞く前に煙草もう一本くれないかな」ツナギ服は言った。

おれは胸ポケットからマールボロの箱とライターを出してそのまま渡した。それからそいつと肩を並べ、下を向いて、右側に行く道を渡った。小さな道幅なのにちゃんと歩道を示す白くて太い線が描いてあった。

「あの親父の家までここからどのくらいかかる？　家族はいるのか」

「誰も信用しないで生きてきたからひとりずまいだと言わなかったっけ。ここからならすぐだよ。次の角を左に曲がるんだ。その角の家に犬がいる。拘禁ノイローゼかなにかになってから涎《よだれ》ばかり垂らして吠《ほ》えることもできない茶色いバカな犬だ。おれとかあんたと同じような犬だよ」

カエルのクルマ

目的の家にむかう小路の角を曲がるとき、何かが少しだけ動いたとわかる金属の触れ合うような陰気な音がした。地面の下のほうからだ。

走り屋が「ちちちちち」と鶏とか小鳥なんかを呼ぶときみたいな、声とも音ともつかないものを口のなかで繰り返した。金属の擦《こす》れるような暗闇の音はおれたちが足早に曲がった家の生け垣の奥から聞こえていたけれど、そいつはすぐに停止したらしく、そのまま横たわってたちまち世の中のすべてのものから興味をなくした感じだった。

点滅信号を曲がってその角道にくるまでに走り屋が説明していた涎《よだれ》ばかり流している犬だったのだろう。鎖の音がしたということは拘禁ノイローゼになって全身が壊れてしまっていても飼い主はまだそいつを繋《つな》いでいる、ということなのだろう。

走り屋が安バーを出たとき、独り言みたいにもうじき雨が降るな、と言っていたのはかなりあたっていて、あの店からたいした距離でもないのにそのへんから先は少し前から雨が降っていたようで、誰の姿も見えない狭い道の先がだいぶ濡《ぬ》れているのがわかった。ここらを境界にして重く垂れ下がった雨雲がのったり低い空をかすめて走りぬけていった局地的な通り雨だったのか、さっきおれたちのいたバーのあたりにまでこれからむかっていく本格的な雨の先ばしりなのかはわからない。どのみちおれたちとか今そこらの家のなかにいる人たちにとってはどうでもいい夜の雨なのだ。

少しばかりセメントをまぜた砂利をローラーで固めただけのぞんざいな工事だからなのだろう、いっけん平らにみえる道もあちこちがへこんでいて水たまりがいくつか見えた。やっぱり道路ひとつ隔てたこっちがわのほうはけっこう早くから雨が降っていたということなんだ。水たまり――なんてちょっと懐かしい言葉だな、とおれは思った。

ずっとむこうのほうにある街灯のあかりがいい角度で反射していくつかの水たまりの輪郭までわかるようになっている。よく見ると無音ながら表面をすこしだけボチャボチャさせている雨粒の波紋が「期待」だとか「明るい未来」だとかを意味しているように感じたけれど、それは「徒労」とか「逃亡」なんていうむしろ最悪の警報にすぐ変わってしまうようにも見えた。バーを出るとき最後のウイスキーをしっかり全部飲んでくれば、エベナが効いてもっといい気分にさせてくれたのだろうがおれの気分は中途半端なままだった。

横丁をまがってからふいに黙ってしまった走り屋は、間もなく一軒の古い木造住宅の前に立って、ここだここだよ、というふうに頭だけ上下に動かしていた。丸太を左右の支柱にした門というのもいまどき珍しい。そこにとても単純な、鉄パイプだけで作った背のひくい片開きの扉があって、走り屋がパイプの隙間から手を伸ばして丸太の門柱の後ろ側をどうにかしてやれば、たちまち開いてしまうというだらしのない門だった。

「これじゃあ鍵などいらないじゃないか」

それを見ておれは低い声で少し笑った。

「でも、この裏の鍵は自分以外は誰も知らないと思っているあのじいさんの重大な秘密のひとつなんだ」

走り屋は雨に濡れてきた自分の頭にそこでようやくツナギの服についていたフードをかぶせたけれど、これからこの家に押し入ろうとしている奴《やつ》にしてはまるで意味がないじゃないか、とおれは思った。でもわざわざ言うようなことでもなかった。おれたちがまるで防御の役にたっていない鉄のパイプ扉を開けて中に入ると、そこから背後斜めに一〇メートルは離れているだろうさっき通りすぎた生け垣のなかの犬がまた少し動いたらしく鎖の擦れる音がした。

「あいつがときどき尾を振るとああいう音がする。今は何か嬉《うれ》しいんだよ。きっと」

「おれたちが首尾よくじいさんの家の門を突破したからじゃないのか」

おれは言ってもしょうがないことを言った。おれも走り屋も笑わなかった。門から入るとすぐに小さな庭があり、それは数十年間何ひとつ手入れされていないようで、小さいながらも湿った闇の藪《やぶ》になっていていろんな妖しい虫どもが潜んでいそうだった。ふいにあらわれたおれたちに興奮した蚊が数匹、早くも顔のまわりにまとわりついている。早く通過したかったがその藪のすぐ前に玄関があった。侵入する場所は勝手口だろうと思っていたのだが、そうではなくて玄関から堂々と入っていくらしい。玄関横に雛壇《ひなだん》状になったコンクリートブロックに小さな鉢がまとめて置いてあった。闇なので何が植えられているのかわからない。

走り屋はそのなかから手品のように簡単に小さな鍵の束を引っ張りだした。玄関はシリンダー錠らしい。ワッカに三つほどついているキイのどれがその家の玄関のものなのか走り屋はすぐにわかったようだった。小気味いい音をさせて鍵があいた。蚊が増えて顔のまわりを踊っている。でもそれとタタカウように雨が強く降ってきた。おれたちがこれからやろうとしていることを考えるとたぶん状況的には「いいあんばい」になってきているのだろう。

玄関に入ると黴《かび》と錆《さび》と石油だか灯油だかがまじった臭いがした。それからよく風呂場にあるような安っぽいなにかのケミカル香料の臭いもする。でもそれらの臭いはすぐにしんとして、おれたちの足元のほうに停滞していったようだった。あとは家のなかの静けさだけが妙に威圧的に膨らんでいた。よほど古いらしく家全体に精気がなかった。

「いま、電気つけるからよ。仕事は迅速に」走り屋が闇のなかでおれにむかい、はじめてニヤリと笑ったようだった。すぐに蛍光灯が点《つ》く。ジーンという蛍光灯特有の小さな虫が焦げ死ぬような音がけっこう大きくひびいた。

部屋が明るくなると走り屋の首筋までうねって流れているひとつにつながっている深い傷跡がよく見えて凄味《すごみ》が増していた。こいつは本当はこのとき死んでいてもおかしくないような事故をおこし、どういう強運にささえられてか、しぶとくここまで生きてきたのだ。

「普通、タンスとか仏壇とかそういうところにカネを隠すんだろうな」

おれは、このようなごくごく当たり前の家荒らしは初めてだったから考えてみると自分でもみっともないことを言ってしまった。最初におれたちが立った大きな部屋をひとわたり見回してすぐにわかるのはやはり相当に古い家で、部屋のぐるりは驚いたことに土壁だった。よく見るとむかしの藁《わら》を芯にして泥をこねあわせて塗っていったものとはちがった。元は白い塗り壁のようだったが、長い年月のあいだに藁壁みたいにそいつも土色に変色しちまったらしい。

そういう壁のあっちこっちに脈絡なくビールや化粧品や大手スーパーなんかのポスターが貼られ、そのまわりにいろんなものが飾られていた。どこかの観光土産《みやげ》で吊《つ》り下げ式になっているものはとにかくみんな吊り下げてしまったようにみえる。外国製らしいポケットつきの壁掛けとか吊り棚なども唐突にあって、そこに生活用品だか装飾品だかよく区別のつかないものが雑多にのせられている。その土産物の袋のなかに外国の酒の小瓶が二本入っていた。ラム酒のようだった。おれはそのうちの一本を走り屋に渡し、二人で早速飲んだ。アルコール度六〇以上の強烈なやつが喉のなかで発火していった。

二方向にある木枠のガラス窓は戸の上下左右に丁寧に和紙が貼られていた。理由を考えたが、虫除《よ》けぐらいしか思いつかない。

玄関から見て真正面に大きなタンスがあり、あけて見たかったが走り屋が断定的に言った。

「タンスには金はない。そういう入れ物の中にはあのじいさん、カネは入れないんだ。だからこの部屋にはめあてのものはない」

ここまでの状況から考えて走り屋は何度かここに忍びこんでいるに違いないとわかってきた。

「隣の部屋に行こう」

走り屋は部屋の端にある幅の狭い廊下を指さした。

「そっちのあかりのスイッチは、この部屋の入り口にあるんだ。おかしな具合に建て増してきたからな。慣れないといろいろまごつく家なんだ。ちょっとまってくれ」

照度のひくい豆電球みたいなのが点くと狭い廊下のつきあたりにいきなりあの安バーのカウンターにいる女が突っ立っていた。おれは仰天し、もう少しで倒れそうな気分になった。

でもすぐにそれはやたらにでかい映画ポスターらしいとわかった。隣の部屋とのしきりになるドア全体に貼られていたのだ。あの安バーのママと少し似ているところがある殆《ほとん》ど等身大の化粧の濃い女優さんがそんなところで永久に笑っている。もしかすると映画館に貼るような看板なのかもしれない。名前まではわからなかったがその時代には有名なスターだったようだ。

黙って暗闇で笑い続けているその女優さんに「こんばんは」と挨拶する。いまのラム酒によってようやくエベナが効いておれのなかの関連神経の増幅作用が始まったようだ。そのドアをあけると隣の部屋になった。華やかな女優の部屋、という順番になる筈《はず》だが、そこにも鼻先をつんと襲う下品な刺激臭が漂っていて部屋全体が押し入れとかタンスの中の気分だ。そうだ。これは虫除けなんかに使うナフタリンの臭いだ。

「あのじいさんはなんでこんなにいろんな薬を使うんだ？」

「夏になると部屋にいろんな虫が入ってくるからだろう。死んだばあさんが虫を嫌っていてな。それでこの家の窓はみんな目張りされているんだ。でもそんなんじゃたいして効果はなかったようだけれどな」

隣の部屋は六畳間ぐらいで、仏壇と「つづら」と呼んだほうがいいような編籠製の物入れがこれみよがしに置いてあった。その物入れ箱はたぶん走り屋が何度もひっくり返し、ろくなものが入っていないのをやっぱり何度も確認したのだろう。

部屋の真ん中に二メートル四方ぐらいの絨毯《じゅうたん》があり、壁には全面的にベニヤ板が張ってあるので、強烈なナフタリンの臭いに慣れるとさっきの部屋よりはだいぶまともで清潔そうに思えた。襖《ふすま》を隔ててその部屋の先にまた雑多にいろんなものが置いてある八畳間ぐらいの部屋があり、真ん中を占領するようにベッドがひとつ置いてあった。

「あれがじいさんの部屋だ。ベッドのマットの下とかマットの中とか置いてある何の用に使うのかわからないいろんなものを入れた箱とか、道具類とかをな、バカみたいにくどいくらいに調べた。でもどこにも何もない。おれ、五回ぐらい、それぞれ二時間がかりでしらべたんだ」

そう言いながら走り屋はいくらか苛《いら》ついてきたようで、自分の腕時計を見た。

「ちくしょう。あと一時間と少ししかない。どうだ。感想を言ってくれ。初めて見た直観でどこか気になるところはなかったか。どうだ？　何でも言ってくれ。とにかくこの家は全体にこんなぐあいなんだ。金を隠せるようなところはみんな見た。でもわからない。おれがけっこうしぶといじじいだ、と言った意味がわかるだろう」

「天井裏は調べたのか」

「ふん。まっさきにやったよ。最初は絶対そこだ、と思ったからな。だから埃《ほこり》やゴミまみれになって全部の部屋の天井を調べた。でも何もなかった。あったのは蛇の脱《ぬ》け殻なんかだったよ」

じゃあ縁の下は？　と聞こうとしたが一瞬考えてやめた。まだ調べていなくてこれから二人してもぐってみよう、ということになったら、この湿りきった夜の闇の縁の下に入り込むのはどうも憂鬱な仕事だった。本当に大金が隠されているのかどうかわからないのに、いきなりそんなことまでしたくはなかった。第一、もうそんなところに潜って調べている時間はない筈だった。それからいくら古い造りといってもいまの住宅は簡単には縁の下に入れなくなっている筈だった。でも、走り屋が先に言った。

「縁の下も探したよ。入り込むのが難しいんだ。なんとか風呂場の狭い横壁を破ってもぐりこんでいったけれど、あの目のよく見えないじいさんが、こんな泥だらけになって縁の下まで入るだろうか、と考え、途中でやめたんだ。もぐらじゃないんだからな。だいたいあんなところを這《は》いずりまわるなんてネコかネズミじゃないとできないよ」

よかった、とおれはいくらか安心した。でも、このままいたずらに時間を潰していていいんだろうか。

「本当にあのじいさん、銀行とか親しい知り合いとか、信用できる仲介人なんかに預けていないのか？」

「いない。絶対そんなことしてない。死んだばあさんにだってサイフを預けることをしなかったくらいなんだからな。自分の永年の連れ合いにだぞ。まして他人なんて誰一人信用しない」

「だけどお前、なんでそこまで断定できるんだ？」

おれは聞いた。あまり追及すると口論みたいになりつつあったがいきなり湧いた一番の疑問だった。でもそれを聞いている途中で電撃的におれは気がついた。思えば迂闊《うかつ》だった。

「あっ。お前、おまえは、つまりあのじいさんの息子とか、孫とか、そういう……」

「そうだよ。おれは一人だけいる孫だ」

今頃わかったのかよ。という顔をして走り屋はおれがさっきライターごと渡した煙草《たばこ》に火をつけた。走り屋の吐き出す煙草の煙と一緒になってなんだか居ごこちの悪い空気がおれたちのいる部屋に流れた。おれは黙り、自分も煙草を吸うかどうか少し迷った。おれが黙っているので走り屋がまた口をひらいた。

「あのさ、小さい頃はおれが一番可愛《かわい》がられたというけれど、じいさんが病気になったら、人がまるっきり変わっちまったんだ。たぶん医者に処方されたクスリかなにかで頭をやられたんだ、とおれは思っている。今は金しか信用していない。自分の会社を作ってため込んだ自分の金をあの世にまで持っていくつもりなんだ。だからおれにたった一万円の金も貸してくれない。もっともおれが自分の孫だということも、あいつはもう気がついていないかもしれないいんだけどな」

「虚《むな》しい話だな。あのバーでもお前が孫だということはわからないのか」

「わかっていない」

走り屋はそれから何かを考えるようにしてその場にへたりこんで煙草を吸い、手元のラム酒のつづきをのんだ。おれたちが話をやめると雨の音がこの家の屋根を盛大に叩《たた》いているのがわかる。気がつくとまだ走り屋は家の中でフードをかぶったままだった。

おれはもう一度家のなか全体を見て歩くことにした。気持ちの殆どは無駄な時間を過ごしただけということを悔いていた。五分ぐらいのものだが、走り屋から離れて一人で改めてゆっくり眺めているとふいに気づいたことがあった。間違いかもしれないが聞いてみる必要がある。走り屋がへたりこんでいる部屋に戻った。

「おい。この部屋の壁もむかしは土壁だったんじゃないのか。ほかの部屋と同じようなしっくいみたいなさ」

走り屋は少し考えるしぐさをしていた。それから「記憶にない」といくらかぼんやりした顔で言った。

「あのベニヤを剥がそう。うまくいってもいかなくても部屋はめちゃくちゃになるが、どっちみちそれでもいいんだよな」

走り屋は頷《うなず》いた。

「なにか薄板を効率よくめくる道具はないか」

五回も物色しているのだからそのための探索道具がどこにあるか奴は詳しい筈だった。おれは小さなクギ抜きにペンチのようなもの、それにノコギリがあったら欲しい、と伝えた。走り屋がそれらの道具を探しているあいだにおれはベニヤの壁を子細に観察した。おれの推測したとおり、その仕事はじいさんがいまよりいくらか若い頃に一人でコツコツやったように見えた。だからシロウト仕事とすぐわかる簡単な板張りで、使ってあるクギも細くて短そうだった。それでも柱側には斜めにクギを打ちつけ、いくらか頑丈に効くように工夫している。おれはなにかの強い予感に震え、ついに手元のラム酒を飲み干してしまった。

道具はすぐに揃《そろ》い、おれは一番端の板を剝がす仕事にとりかかった。思ったとおりかなりやわに板を打ちつけてあるので、一枚のベニヤが剝がれるとあとはその下の土壁ごと連鎖的に情けないくらい簡単にそっくり剝がれてきた。

最初に剝がした壁面にはなんの工作もなかったが、その向かい側の壁の下のほうに穴があいているのを見つけた。弁当箱がそっくり入りそうな穴だった。そのなかに片手を差し入れると、中は隣の部屋の壁とこちらの部屋の壁の薄い隙間になっていることがわかった。

指先がなにか圧倒的に気持ちが高ぶるような感触のものに触れた。慎重にひっぱりだしてみるとかなりしっかりした紙包みだった。蠟《ろう》が塗ってあるように表面が滑らかだが、セロテープと輪ゴムでそれぞれ崩れないようにしっかりとめてある。走り屋がおれの顔のそばに自分の顔を寄せて、息をふうふうさせていた。取り出したそれを焦る手つきでひろげて見る。パラフィン紙に包んだひとつの束には一万円札がちょうど一〇〇枚ぐらい入っていた。手でさぐると土壁のなかにそういうものがまだいっぱいあるようだった。ネズミが熱心に運びこんだように丁寧に壁と壁の隙間に並べてある。

「やった！　やったぞ」

走り屋が興奮してカン高い声でそう叫んだ。頭のてっぺんから出しているような声だ。

「やっぱりあった。やった！　やったんだ」

もう時間勝負になっているのがわかっていたからおれたちはその部屋にあった寝巻やシーツを広げパラフィン紙にきちんと包まれたそれらの札束をくるんでしっかり紐《ひも》で巻いた。気がつくとおれたちが巻いているのは寝巻の紐や洗濯物を干すビニールロープだったりしたが目的にかなえば何でもよかった。

ざっと数えて札束は全部で三〇個ほどあった。ひとつひとつの札束が一万円札ばかりなのかどうかはまだわからなかったが、今はとにかくそれを大事に抱えて逃げることだった。そんなときになって初めて気がついたが、おれたちは玄関の戸を開け放したままこの家の中に入っていたのだった。玄関の中にちょっとした蚊のカタマリができていておんおんいっていた。

「やった！　やった」

走り屋がまだ言っていた。

「おまえ、もう、黙れ。黙って出るんだ」

おれは走り屋の後ろから低い声で言った。雨はこの家に入り込んできたときよりも確実に濃密になっていた。おれたちは部屋の電気を消すこともせず、玄関の戸もしめずに外に出た。おれたちの気配を察して、また鎖をひきずる陰気な音が聞こえた。ひょっとして奴は鎖をつけられて外に出されているのかもしれない。訪ねていって飼い主の顔を見たい気がしたが、それはいましがたの高揚した感情によっていきなり増幅したおれのなかのエベナのせいだった。「顔を見てどうする」と、ワンテンポ遅れたもう一人のおれが辛うじてそれを制していた。そこからの行き先は走り屋にまかせるしかない。それだけがはっきりしていた。


霧なのか雨の細かいやつなのかよくわからないのがずっとおれたちのクルマにへばりついていた。ヘッドライトの二本のぶっとい光の棒が常にちょっとだけおれたちの行く方向をおしえてくれる。

おれたちはN湾のもっとも西の奥、螺旋橋《らせんきょう》のある岬にむかっていた。ずっと寝てなかったし、疲れていたから、一定の速度で左右に走るワイパーを見ていると何かよくわからない生き物が背中から覆いかぶさってきてその重さにやられて気を失いそうになる。たぶん睡魔というやつだ。眠いのは隣で運転している走り屋も同じだろうけれど、奴は相変わらずクルマのなかでもツナギ服にくっついている薄いナイロンのフードをかぶっていた。それじゃ横に座っていても顔が見えない。奴がいつのまにか目をつぶりながら運転していたとしてもおれには気づけないってことだ。

クルマを運転しながらそんなものをかぶっていると、とっさのときの左右の視界が制限されるだろうに、とおれは言ったのだが、高速道路のように基本的に真《ま》っ直《す》ぐな道を走っているときはかえってこのほうが神経が集中できていいんだ、と走り屋は知らないくせに余計なこと言うな、という口調で答えた。このやろう、と思ったけれど黙っていることにした。なるほどそういえば競馬だってチャカついている馬の目の左右に、前だけ見ているようにと強制している小さなツイタテのようなものをくりつけられたりしている。

おれたちが黙りこんでしまったのは、それまでが喋《しゃべ》りすぎだったからだ。あの時間は喋ることがいっぱいあっておれたちは同じぐらい興奮していた。

じいさんの家を出てから市街地を歩いていくときが最高に緊張したよな、パトカーにでっくわすとしたらそのあたりが一番危なかったからな。走り屋は自分のカクレガだというところにずぶ濡れで駆け込んだとき、まだ圧倒的に高揚している顔でそう言った。

おれたちは雨のなかを互いに荷物を両手でしっかり抱え、三〇分ほども走ってじいさんの家からそのカクレガにたどりついたのだった。

走り屋のカクレガがあるところは、町はずれの休田地帯だった。まだ使っているのか放置してあるのかよくわからない肥料倉庫のようなものが並ぶ一角にフロクのようにして建っている小屋があり、奴はそこに勝手に住み着いているらしい。

ツーバイフォーの安普請の家を取り壊した廃材を適当に組み合わせ、波板トタンをふいただけの隙間だらけの小屋だった。トタン張りの妙に重い開き戸をあけると入り口がパッカリ全開になり、そこに小型トラックがやっと一台入るほどのスペースがあった。電源をどうしているのかわからないが、ちゃんとハダカ電球が点いた。

でも中にはクルマは入っておらず下に汚れたグランドシートが敷いてあった。そのはじっこに筵《むしろ》を何枚も敷いたなにか大きな昆虫でも棲《す》んでいるような寝床らしいものがあった。おれたちはパンツまで全部濡れていて、体は歓喜と安堵《あんど》と、それからわけのわからない恐怖でガクガクしていた。

走り屋からシャツやパンツまで借りた。一緒に渡された石油くさいタオルで濡れた髪の毛をぬぐい、髪から水が垂れてこないように最後にそれをねじりはちまきにした。

少し落ちついて小屋のなかを見回したが、何もなかった。せいぜい部屋の真ん中へんに置いてある、高圧線のケーブルを巻いておくのに使う巨大な糸巻きのようなものぐらいで、それをテーブルがわりにいろんなものが積み重ねられていた。ありふれたエロ漫画週刊誌、いろんなペットボトルの飲み残し。やっぱりいろんな種類の菓子類の食い残し。何に使うのかわからないおもちゃの神輿《みこし》。そんな雑多なゴミのなかにいきなりエベナの瓶が転がっているのを見つけた。まだ蓋をあけた気配はなかった。

一瞬興奮したが、おれたちにはそれよりももっと興奮するものが待っていた。

おれたちは自然に荒くなる息をさらに弾ませ、双方で抱えてきた荷物をなにかの儀式のように緊張してグランドシートの上に広げた。じいさんの寝巻の浴衣《ゆかた》とシーツにくるんできたその中には弁当箱大の包みが今にも自分たちで勝手に踊りだしそうにしてごろごろ弾んでいた。おれも走り屋もそのパラフィンの包みをほどき、どの包みからもちゃんとした一万円札が出てくるのにいちいち興奮し、最初の頃は二人して握手や拍手さえした。

走り屋が途中で出してきたやかんの中の水をのみ、手先に神経を集中して全部の札を正確に勘定した。ひとつの包みに一〇〇万円以上入っているのもあるし、一〇〇万に少し足りない包みもあった。おそらくあのじいさんが夜更けに一人で勘定していたのだろうからそのくらいの不揃いはあって当然だろう、とおれたちはすっかり心を大きくしてそう話しあった。

改めて全部数えると三〇三四万円という大収穫だった。広げた札の山をしばらく眺めていたかったが、おれたちはいつ移動するかまだ決めていなかった。そこで今度はきっかり一〇〇万円ずつ今までどおりパラフィン紙に包み、走り屋がどこからか適当に拾ってきたものらしい服や靴などのゴミ山みたいななかから丁度いいぐらいの大きさのチャック付きの旅行鞄《かばん》をみつけてそれに詰め込んだ。

それから少し息をつぎ、これからどこかに逃げることになるから、濡れたままにしてあるシャツやパンツをきちんとしぼり、小屋のなかのいたるところに掛けられているロープに吊るした。走り屋が小便に行っているあいだにおれは高圧線を巻いたあとのテーブルがわりの巨大な糸巻きの上からエベナを素早く取り、干してあるおれのズボンのポケットにいれた。

戻ってきた走り屋は小便をしながら考えていたらしく、当座の費用として端数の三四万円を一七万円ずつ均等にわけてバラでもっていることを提案した。まあいい案だった。それからおれたちはまた交互にやかんの水を飲んだ。冷えてうまい水というわけでもないのだが、長い時間の緊張と三〇分ぐらいで飲んでしまったラム酒の小瓶、そのあとこまでの三〇分ほどの疾走は、そのくらいの喉の渇きになっていて当然だった。

ここまで来るあいだ話に出ていた走り屋のクルマはガレージの隣の草地にブルーシートで覆われていた。とにかく早く金を入れたバッグをクルマに載せてしまおう、と走り屋は言い、懐中電灯を口にくわえて慣れたしぐさでとめてあるロープの一カ所の結び目をひいた。シートはすぐに引き剝がされ、奴の懐中電灯の弱々しい光の輪の中にけったいな色のクルマがでてきた。

緑色のクルマだった。走り屋が数日前に自分でペンキを塗ったのだという。

「こんなアマガエルでどうすんだ！」

おれはついつい怒鳴ってしまった。

「アマガエルだと！ アマガエルじゃなにか都合が悪いのか」

走り屋がおれのいきなりの激昂《げきこう》にあわせるように興奮した声で言った。

「目立ちまくりだ。一度見たら忘れられない。なんでこんな色にしたんだ」

「旅立ちだよう。今日のようなことをいつか必ずやるって、おれは決めていたんだ。そのときには幸運の緑色にするんだ、って決めていたんだ。それがお前になんの関係がある。もう前からいろんなことが決まっていたんだよ。絶対緑色なんだ！」

走り屋は雨の中でなにか芝居がかったしぐさで両手をひろげてそう叫んだ。おかしな話、奴の頭や顔をくるんだフードがその恰好《かっこう》にキマッている。

こいつ。狂っていやがる。もうすこしマシかな、と思ったけれど、こういう気持ちの高揚には耐えられない奴なんだ。おれはそんなふうに素早く理解したけれど、今はできるだけのことをしてなんとかひとまず安全なところに逃げだしたかった。だから、おれはもう興奮しないようにした。走り屋を正常の神経にして納得させたかった。

「あのな。古いヨレヨレのクルマがよかったんだよ。こういうときに逃げるにはね。こんなに目立ちまくりのクルマだとおれたちは相当に怪しい連中ダゾ、と走りながらわめいているようなもんだろ」

　おれは全体が雨に濡れてもっとケバケバしい緑色になっていくカエルのクルマのボンネットを叩いた。

「おれのクルマをそのきたねえ手で叩くな」走り屋ははっきり不機嫌な顔になってそうわめいた。まだ興奮はちっとも治まっていない。

「わかった。今のはおれが悪かった。小屋のなかに入って冷静にこれからのことを考えよう」

　おれはツナギ服の男の肩を叩いた。

　雨から逃れていくらか落ちついた空気になってもそれからすぐの話でおれたちの言い分は対立していた。

　走り屋は高速道路を使って一刻もはやく逃げだそう、という考えだった。おれは反対だった。雨の高速道路はたしかにすいているかもしれないが、時間的にいって事件はもう発覚しているだろうから、高速道路で「一斉検問」を張られていたらそれであっけなくおれらはオワリだ。だからそう言った。

「この町の警察はそんなに早くは何もしねえよ。何もできねえんだよ。みんなウスノロばかりだからな」

走り屋は自信をもってそう言った。

走り屋の仕掛けた数々の不審な交通事故の捜査やその処理をまぢかでいくつも見ている奴の意見だからそれには説得力があった。

でもおれは言った。

「いいか。おれはいつも絶対安全でいきたいんだ。まず、おれたちは酒を飲んでいる。どっちが運転していてもこれは検出される量だ。それだけならいいが、地方の警察によっては状況を見て積み荷の検査などをするところがある。酒気帯びにキップを切られるぐらいならいいが、そんなことのついでで金の入っているバッグを見つけられたらどうするんだ」

「あんたは思ったほどには度胸がないな」

さして緊張しているふうでもない声が返ってきた。大事な話なのに走り屋はあまり真剣に聞いていないようだった。奴はさっきからガレージの居住部分に張ってあるグランドシートの上で片足跳びの練習をきっちり左右の足交互にやりながらおれの話を聞き、つまらない感想をいって、そのあとはおれには何もわからないどこかの国の歌をうたっていたのだ。

「ヒトが真剣な話をしているのに何の鼻歌をうたっているんだ」

おれははっきり怒りを込めた声と顔で言った。

「いまの歌か。あれはアバトラ語のマントラみたいなもので『世界の生き物はぜんぶバカッタレだ。みんなさっさとくたばっちまえ』とくりかえし言っているのさ」

走り屋はおれが気がつかないうちにツナギ服のフードを背中におろしていて、今の状況に全然あわない、ヘンに明るい顔をしていた。むかしの、農耕トラクターに乗って空にむかってこぶしをあげて歌っている正しい農村青年みたいな顔だ。奴のやっている不思議なトレーニングのようなものは、夜の高速道路を走って横切るときの自主訓練のように見えた。

「じゃあ、こういうとき、あんたならどうする?」

走り屋が聞いた。

「丸一日か、できれば二日間は待つ」

おれは言った。なにか事件を起こしたとき、その事件現場の近くにじっと身を隠して、まわりの様子を窺《うかが》っている、というのもけっこうおれは好きだった。げんにそれでいろいろヤバイ現場を生き抜いてきた。そうすることによってたっぷり持てる時間を使っていろいろなことを考えることもできるのだ。

「そんなに待ってなんかいられない。腹だって減るだろう。そういうコトはどうすんだ」走り屋は言った。

「ここにこんなときのための予備の食料なんかないのか」

「おれはよ。ネズミみてえにもしかのときのために金を壁の穴に溜《た》めているようなことはしねえんだよ。だからそんなものあるわけねえだろ。なめんなよ。おれはアマガエルなんだぞ」

走り屋のそのヒトコトが効いた。

結局この土地に住んでいる走り屋の感覚がおれたちの行動を決めた。

奴はこう言ったんだ。

「この町の警察が事件に対してどのくらい敏感でないか、あんた知らないからそんなこと言ってるんだ」

走り屋はアマガエルのクルマを運転しながらそう言った。

「たとえばあのおやじが帰宅して、家の中の状態をみるとまあ大抵何がおきたかわかるだろ。いくら脳ミソが三割ぐらいしか働いていなくても、酒に酔ってそれが全部鈍麻していてもよ。あの部屋をみれば何がおきたかわかるだろう」

「そうだな」

「で、普通なら警察に電話する。一人で電話できるとしてな」

おれは黙って聞いているだけにした。

「そのとき、もし、ちゃんとヒトの話を聞く警官がその電話をとったとしても、あの酔っぱらったじいさんのヨレヨレ声がそこで起きたことを説明するとしてもそれを正確に理解するまでどのくらい時間がかかると思う。聞いているのはこの田舎町《いなかまち》の警官だ。雨の夜にエロビデオなんか見ているたいていろくでもない当直警官だぞ」

おれはあのじいさんを見たのは二度だけだ。ただし見ただけだ。話はしていない。二回とも顔の大きなホステスと大きな哺乳類の動物同士みたいにからみあっていた。誰かほかの人と話をしていたのも聞いていない。だから走り屋がおれに聞いていることには何も答えられなかった。

雨だか霧だかわからないものがまた濃くなってきた。空中にある水の小さな粒子にクルマのヘッドライトが反射して、こういうときはヘッドライトの光の束の大きさや方向がハッキリする。

走り屋の運転テクニックは巧みなものだった。だからこいつが仕事にしていた夜の高速道路横断による事故誘発という、とんでもない人殺しの罠《わな》みたいなものが成立していたのだろう。

片側一車線の道路だったけれど、ところどころに追い抜き車線がある。走り屋はおれがしつこく言っていたようにおとなしく制限速度だけは守っていた。ぐうたらな田舎の警察と違って高速道路を走る覆面パトカーなどはずっと鋭い感覚をしているのだ。その

ために こんな夜中というのに、五分も走っているとおれたちのアマガエルグルマの後ろに何台かの後続車ができてしまった。でも走り屋はそういうことには動じず、追い越し車線のあるところまでスピードを変えずにのこのこ進み、追い抜き車線のあるところでうしろにひっぱってきた何台ものクルマをやっと解放した。殆どのクルマが苛々《いらいら》をつのらせているのがよくわかった。たいてい「クルマとはこう走らせるんだ」といわんばかりにその段階からアクセルを床まで押し込み、猛スピードでおれたちを抜いていった。キャラキャラキャラキャラキャラ吠《ほ》えるようなけたたましいクラクションを連続して鳴らし、恫喝《どうかつ》しながら追い越していったワゴン車はおれたちの間抜けなアマガエルとくらべると童話の中の王様みたいに派手な金色ベースの塗装をしていて、ジャガーだかピューマだかの姿がフロントから後部にまで威圧的にペインティングされていた。しかもこっちを睨《にら》みつけて追い抜いていったクルマを運転している奴はこんな雨の夜中にサングラスだ。おれたちのクルマに三〇〇〇万円の現金がなかったら、運転している走り屋はその巧みなドライブテクニックによって、ああいう挑発的なクルマを誰がどうみても疑問を挟めない自損事故に追い込んでいけるんじゃないのかな、おれは眠気を払うためにそういう質問をした。

「もうずっと前の話だし、証拠もなにもないから眠気ざましに言うけどな」

大金を奪った精神の高揚からなのか、走り屋は、そういうことのエピソードのいくつかをおれに話してくれた。意外なことだった。

「そういうのはいろいろあったけど、二つの事件でドライバーは死んでいたよ。追い抜かれるときに、むこうに乗っている連中の様子を見るのさ。おれは家族連れはやらない。ただのカッコいいクルマの、そいつの馬力自慢の、気取った若いドライバーと目があったら、おれは絶対なんとかするね」

走り屋は正直に言った。

それからの道は、今の走り屋の何かの手口にちょうどいいような数十キロのくねくねした登り坂になっていた。良識的にライトを下側に落とした対向車が数台下ってきた。

「シカに注意」

と書いたいやに目立つオレンジ色の看板が出てくる。

おれはようやく生乾きになってきた自分のズボンのポケットを生地の上から触れてエベナの存在を確認した。

「だからよ」

走り屋の口調が少し変わった。

「あんた、考えてもみなよ。あのじいさんの電話で警察が動いたとしてだ」

話はちょっとだけとまって、「多重衝突事故現場」と書いてある看板を通りすぎた。

「うん」とおれは言った。

「警察がじいさんの家に来て、まず事情を聞く。酔っちまって何を言ってるかわからないじいさんの話をだ」

「ああ」

その部屋も知っているし、じいさんも見ているが、おれにはその明確な映像が何も浮かばなかった。

「警官がじいさんからおおまかな事情を聞きとるのにだいたい三〇分。それからじいさんの言っている盗まれたという金を警官の誰がどのくらい信じるか。そのあたりのコトなんていうんだっけな、そうか整合性だったっけ、あっ信憑《しんぴょう》性か。そういうものを処理するのに、あの田舎警察ならたっぷり一時間はかかるだろう。どうもこれはもしかすると本当らしい、というような憶測が少し出ても、警察はまず被害届けをだせ、と言うだろ。その頃までには、じいさんはもう疲れて寝てしまっている」

聞きながらおれは馬鹿みたいに笑った。その笑いにはあまり意味がなかったけれど。


今度は峠を降りるジグザグ道になった。おれと走り屋が思いもよらない議論ののちに互いに承諾した夜中の二時出発で、そろそろ三時になろうとしているところだから、もう後続のクルマのヘッドライトはあまりなかった。

走り屋は腕時計を見て車のラジオをつけた。カエルグルマのラジオはそこだけ期待で

黎明《れいめい》前の下り坂をいく、何が出てくるかわからないつまりはもうなんだっていい気分だ。きるむかしのダイヤル式だ。おおいいぜ。とおれは歓迎した。仕事もおわり、

でも、そのとき、本当に何か出てきてしまった。最後の大きな坂道だった。心地のいい下りの妖しい浮揚感。それとラジオからきこえるなんだかよくわからないアジアンミユージックのちょっとでかすぎる音の向こうに、いきなり闇を切り裂くような火が見えた。状況からいって、ほんのいましがた噴き出た火のようだった。そのむこうに、最初に通過するF街のきらめく夜景が見える。このルートを初めてくるドライバーやその恋人たち、それにファミリーなんかは誰でも大きな声を上げるところだ。

そうして少しだけ、ほんの〇・三秒ぐらい視線をその夜景にむけたドライバーの運の悪い何人かがそこでみっともなくスリップ横転する。雨の降ったあとはとくに危険だった。その夜景の街のもうひとつ先を目指しているおれたちはここでそんな事故が沢山起きていることをよく知っていた。警察はなんでここに得意の警告看板をタンザクみたいにして沢山ぶらさげないのだろうか。

横転炎上しているワゴン車のすぐそばまで行っておれたちのカエルみたいな車をとめ、外に出た。横転して燃えているのは金色に飾ったピューマだかジャガーだかのワゴン車で、少し前に派手な喧嘩《けんか》クラクションを鳴らしていった奴に違いなかった。

「でも普通の日本車だったらこの程度の横滑り横転とガードレールとの衝突ぐらいで炎

上することはないぜ。おそらくこのクルマはなにかもっと別の火種を持っていたんだな」

　走り屋が言った。

　燃え盛る火はおれたちの接近を拒んでいた。まったく手のつけられない激しい燃え方は走り屋の言うように彼らの持っていたなにかの可燃物が燃料のガソリンに引火したとしか考えられなかった。

　気の毒だったけれどどうすることもできなかった。運が悪いときはそんなもので、おれたちのあとにくだってくるクルマも、坂道を登ってくるクルマもなかった。

　一人の女がいきなりおれたちの前にころがり出てきた。下着と思われる服のいろんなところが破れたり焦げたりしている。一番近いところに立っていたおれにしがみつき、おれを支えに力を尽くして立ち上がろうとしていた。赤茶に染めてあるライオンみたいにボリュウムのある髪の半分が焼失して地肌が見えていたが女は気がついていないようだった。残った焦げ臭い髪にマリファナの臭いが焚《た》きこまれていた。

「ねえ。水よ。水なのよ」

　その女は叫んでいた。消火のためなのか喉の渇きのためなのかおれたちには女の言う水の意味がよくわからない。その女のむこうでのぼり龍のように激しい火が踊っている。女は三〇代ぐらいで殆ど裸だった。そうしておれたちを見る顔の片方の目が壊れていた。

事故の衝撃で何か硬い金属がその女の目にまっすぐ突き刺さってしまったらしい。

「あれはなあ、ルームミラーの破片だな。気の毒に目を潰しちまった。ここの峠は運転手が助手席にいる奴のシートベルトをよくよく注意してやらないと、アレをやるんだよ。カップルが風景に気をとられて体をくっつけてニタニタして運転していると動いた体で重心が変わり加速がついてよくやっちまうんだ」

走り屋が無表情で言った。

「ねえ。水なのよ」

そう言って血だらけの片目の女はそこに片膝をついた。

「ねえ、隣で彼が今、ひとりで燃えているの。だから彼を助けてよ」

女はその豊満な乳房とはえらくバランスの悪い幼稚なアニメ声でずっとそう言い続けていた。キリストの絵なんかでよく見るように女は片膝をつき、おれたちにむかって両手を差しのべてそう言っていた。

「ねえ、水なのよ」

おれと走り屋は、後ずさりながらカエルグルマに戻り、だまって発進した。坂の下のキラキラ光る、夜だけ美しい田舎の街のもうひとつ先の小さな港町におれたちは急いで行かなければならなかった。

コロコロリン

日本にはもう森なんかないと思っていたけれど、暗くなってから頬こけと一緒にその界隈《かいわい》に行ったとき、まだ町並みから見える目的の場所を眺め「あそこはまるで森の中みたいだ」と頬こけは言った。いいなあ。森なんて。

鼻曲げはすっかりその言葉に満足して、でもこのあたりの住民に気がつかれないように低い囁《ささや》くような声で「いいなあ、森なんて」と言ったのだった。

でも、わけを知ってみるとつまらない話なのだった。このあたり、どんどん宅地開発されていて、たいらなところは殆《ほと》んどなくなってきていた。それで頭のいい巨大な不動産会社は、殆ど地主が放棄したような藪山《やぶやま》をかなり広範囲に買って《この岬のある町の長いあいだ隠されていた黄金郷の景色》なんていって疎林を開拓し、家のつくりやこまかいデザインはまちまちだけれど、結局みんな同じぐらいのコストのハリボテみたいな建て売り住宅をいろいろ建てたのだった。

そうして鼻曲げはそのうちの一軒に深い興味を持ってしまった。それは頬こけには少し気になる展開だった。鼻曲げにはしばらく不審な行動はとらせたくなかったからだ。頰こけをわざわざ案内していったぐらいだから、鼻曲げはおそらく毎日のようにそこに来ているのだ。いいんだか悪いんだかよくわからなかったけれど、少なくともそのために鼻曲げが昼間から仕事をして規則的な時間を過ごすようになったのは、いいコトだった。でもその規則正しい一日の最後に頰こけがつきあうのはそれを最後にしたかった。鼻曲げの興味と頰こけのそれとはけっして同じではないのだ。

鼻曲げもそれが他人には、そして本当は本人にもどのくらい意味がないことか、いつか気がつくべきだった。

「いいよ、あばよ。でも見つかるなよ。なにがどうなるかわからないからな」

頰こけはそれだけ言って、結構勾配のある作られたばかりの道を降りていった。

そこで別れてしまったので頰こけには実際に何をしているかわからなかったけれど、鼻曲げはあのあともう少しあたりが暗くなるのを待って、そのまばらに並んだアメコミのおもちゃの家みたいな、チョコレートで石段ができているようなまばらに建てられたいちばん東側の家に接近していったのだろう。

鼻曲げはそこで、いくつかの覗《のぞ》きのポイントを知っていた。まだ季節は夏にはなっていないが、木々が多いからだろう。じっとしていると小さな蚊がまとわりついてきた。めざす家には網戸にした窓のあちこちに風を入れるためかちょうどいい隙間がいくつもあった。頬こけが町に行ってしまったので、鼻曲げはちょっと腕時計をながめ、いつものそのくらいの時間に台所のあるほうに移動した。そこにも縦幅は狭いけれど、料理をするのを覗くにはちょうどいい隙間が窓の左右にあって、その夜鼻曲げの潜んでいる反対側のほうで換気扇がゆるく回っていた。

網戸のいちばん端のほうから鼻曲げは中を覗く。視線の先にちょうどいいあんばいに美奈子《みなこ》がいた。横をむいていて、小学生みたいに両手をつかって何かを勘定しているように見えたけれど、そうではなくて鼻曲げのところからは見えない角度でなにかの食材をクルクル回しているようだった。何を回しているのかよくわからなかったが、たぶん悪いところはないか、調べているのだろうと想像した。美奈子は野菜でも魚でもちょっとでも傷がついているともう駄目で、それを料理前に神経質に調べているのを鼻曲げは自分の家のしあわせな時代の台所で何度も見ていた。

ストライプの入ったタンクトップに、白っぽいちょっとフレアー気味のスカートをはいていた。そのスカートは鼻曲げの記憶にはなかった。

鼻曲げと別れたあとどこかで買ったか、あるいはいまの亭主に買ってもらったか、まあたぶんそっちのほうだろう。

鼻曲げは美奈子の真横からの姿を見ているうちに早くも陰茎がかなり敏感に硬くなってきているのをここちよく感じていた。

少し部屋の中を動いてほしい、と鼻曲げは美奈子に願った。できればそのまま少し後ろを向いてほしかった。うなじとか肩のあたりをもっと見たい、と思っているとちょうどいい具合に電話が鳴った。携帯電話らしい。キッチンの小さなテーブルの端のほうにおいてあるようだ。

おかげで美奈子の全身を見ることができた。美奈子が向こう側をむいて、聞きなれた声をだした。「あら、いやよう」と即座に言った。何に対して「いや」なのかわからないけれど、美奈子はまたそう言った。網戸のおかげで声は筒抜けだった。

その声で鼻曲げはたちまち勃起する。ベルトの内側からズボンの下に手を伸ばし、その熱く硬くなったものを握った。つづけて喋《しゃべ》っている美奈子の声を聞いて陰茎はさらに硬くなり、鼻曲げはもう片方の手でズボンのファスナーを引き下ろした。間抜けな天狗《てんぐ》のハナみたいなのが鼻曲げの股間から突き出し、少し扱《しご》いただけでたちまち射精していた。そのあいだ鼻曲げをバカにしたように小さな蚊がたくさんまわりにおどっていたけれど、鼻曲げは気にしなかった。それよりも勢いのある精液が何段階かにわかれてその家の安普請のモルタル造りの壁にバシバシ音をたてて当たっていることが気になった。家の中の美奈子に気づかれやしないかと思うくらいだったからだ。でも数分でたかぶった興奮はなさけないくらいのスピードで後退していった。

もっと長く覗き見しているべきだった、という悔恨があった。いつもよりあまりにも展開が速すぎたけれど、その瞬間の快感は強烈だった。

鼻曲げは、自分の勤務時間と関係なく、いつも早く職場にいく。その日の天候とも関係なしだ。

ずっとむかし介護士長にゆずってもらった車体とタイヤの口径の合っていないスクーターで介護センターにかよっていた。鼻曲げのスクーターのタイヤは外側の泥除《よ》けカバーとスレスレのところを擦《こす》るようにいびつに回っていたので、その連続摩擦によってだろう、いまではタイヤも少しいびつになってしまったみたいで、鼻曲げの運転しているすぐ後ろから見ると鼻曲げの体は必ず左右に揺れていた。もし注意深い警官がいたら絶対に何か言われるところを、鼻曲げはいまだにそれで問題なく通ってきていた。

スクーターを裏庭のいちばん西の隅にとめ、職員の通用口から入っていく。家を出るときから灰色の清掃管理人服をつけていたので、入り口のところにある黒くていかめしい厚手の表紙のついた書類綴《と》じの自分の名前の出ている一番最後のページに印鑑をおし、腕時計を見て出勤時間を書く。だいたいいつも六時四十五分前後だった。早番でもキマリは通常七時出勤だったから鼻曲げは働きものだった。夜勤は交代で三人いて五時にあける。人によるけれど何か心配な老人がいると、残業して早番の人と症状の申し伝えなどを熱心にやっている場合もある。鼻曲げのやることはまず介護センターの正面入り口の掃除で、月曜日はモップがけだった。

センター長や介護士長、それに当番制でその日によって替わる「先生」以外は朝はみんな職員通用口から入ってくるので、鼻曲げのモップ掃除はしばらくのあいだ何者にも邪魔されず隅から隅まで光沢のでるくらい綺麗《きれい》に磨かれた。それからまだ誰も位置についていない入り口の正面受付に行ってその日この介護センターに入所している人たちを病室ごとに子細に見ていった。殆どかわりはなかったが病死やときたまの自宅引き取りで欠員の出ている部屋があった。鼻曲げは、入所している人たちの名前を見るだけで、その日の自分の仕事がある程度把握できた。そこの表で自分の行く部屋の順番を考える。鼻曲げの仕事は主に部屋の片付けと清掃、簡単な破損品の修理か部品の取り替え、不用品の始末などだった。でもそのほか頼まれればなんでもやった。

九時になるとやってくる巡回バスの日帰りリハビリの人たちは別だった。鼻曲げはそのバスの人たちまで世話をする必要はなかった。みんな病気の症状は軽く、数時間のリハビリをこなす程度だからだ。将来の入所のための検分や空気慣れを目的にしている人も多いようだった。

その日のおおまかな自分の一日の仕事がわかると、鼻曲げは「衛生準備室」と書かれた裏口近くの三メートル四方ぐらいの部屋に入って折り畳み椅子に座り、楽しみにしている夕刻すぎからの森の散歩のことを考えた。

老人たちは起きるのが早くて一番最初の番の八時の朝食が待てないのがいる。介助器具でも杖《つえ》でもなんでも使ってとにかく歩ける老人は時間前に食堂に行ってまだ鍵のかかっているドアをでっかい音で叩《たた》いたりしている。寝たきりの老人もベッドの上で「うおう」などと吠《ほ》えるような声をだしている。老人ホームというのは案外騒がしいものだ、ということを鼻曲げはここに勤めだしたとき初めて知ったのだった。

光村《みつむら》さんがなにか低く叫びながら走り回っている。光村さんは介護士として昨年採用されたばかりだ。まだ若い女性なので寝たきりの二人と、その逆にいつでも歩きだしてしまう元気のいい口の曲がった男の老人を担当している。そいつはぼけたふりをして、寝るときと起きるときに光村さんをさわりまくっている。最初のころはそのたびに光村さんが大きい声をだして、ベテランの介護士から叱られていた。声が大きすぎる。そんなもの何だ、というのだ。そう怒られていたようだ。

今日は、たぶん元気のいいそいつが朝食前のざわついた時間を利用してどこかに隠れてしまったらしいのだ。その老人は人騒がせのためにそういうことをよくやる。ほうっておいてもやがて腹が減れば自分から出てくるのだが、こういうところでは束の間でも行方不明者を放置しておくわけにはいかないらしい。

鼻曲げが「衛生準備室」で待機していると、予想したとおり今井《いまい》介護士から声がかかった。

「聞こえているところにいたらちょっと手伝って」

いつもと同じだ。

さっき逃げてかくれんぼうをやっていた光村さん担当の口曲がりはもうベッドに戻っていた。そのかわり近くのベッドにいる花咲《はなさき》という婆《ばあ》さんが何か気にいらないことがあったらしく、背中を突っ張らせ、服の着替えに抵抗していた。むかしバレーボールをやっていたというその老女は体が大きく、四肢の筋肉を強烈に突っ張らせることができるので、いったんつむじを曲げると小柄な今井介護士などではどうすることもできなくなる。大きな老女はそれを楽しんでいるところがあるようだった。介護士のうちではひそかに花咲ばあさんと呼ばれていた。

花咲ばあさんは口曲がりじいさんと同じようにセンターの内外をよく歩き回っていたらしいが、あるとき腰を悪くして、次第に体が自由に動かなくなった。親族はそれを介護センター側の放置責任として抗議し、やはり大柄の五〇年配の娘がそのうち告訴します、とかなんとか言っているらしい。

花咲ばあさんは元気に歩き回っていた頃から「小金」の貸し屋として知られていたらしい。口も達者だからいまでもこのホームの何人かを相手にして小金を貸して利息をとり、夜中には同室の数人となにかの単純な賭け事をしてそれでもけっこう稼いでいるらしい。

その噂《うわさ》は鼻曲げがここに臨時採用されたときから聞いている話で、鼻曲げも、その日みたいに担当介護士が花咲ばあさんの全身突っ張り作戦にやられて動きがとれなくなったとき、まっさきに手を貸してやって、その大きな老女の腹巻の内側に札を束ねたものらしいのがあるのを知った。肌身離さず、というぐあいだったが、介護センターにはいろんなリハビリや季節ごとの催しがある。金の入った袋を外すのはどういうときなのか、ということも鼻曲げは大体わかってきていた。

老人介護ホームの食事はやたら賑《にぎ》やかになるだけで、慣れてしまうと介護士の仕事としてはどうってことはない。厄介なのはそのあとの排泄《はいせつ》介助だった。

ここでは朝食の終わった朝八時、昼食の終わった十三時、夕食の終わった十九時、夜中の二十三時、早朝の四時と定期的に行われているのだけでも五回ある。でも排便感を訴える人がいたらいつでも簡易排泄始末用具を持って介護士の出動だ。

あまり動かず、というより動けずにいるから老人たちの七割はかなり強固な便秘が多く、そのために一日に三、四回ほど排泄介助してもまったくポロリとも出ないのが多い。水分摂取、手足だけでもいいからできるだけの運動、それでも効き目がない場合は薬を投じられるが、頑固な老人たちはそんなのではビクともしない。

女性介護士だけではどうにも手に負えないときは鼻曲げがセンターの幹部には内緒でそれを手作業で扱《こ》き落とす仕事もした。

医療用のナイロンの薄手の長手袋をつけて、その人の一番出しやすい恰好《かっこう》になってもらう。強固な便秘は寝たきりの人が多かったから、もう男も女もなかった。関節が固まっていて両足を大きくひらける老人は少なかったから仰向《あおむ》けに寝て精いっぱいひらけるところまで頑張ってもらって、皺々《しわしわ》のなかから肛門をみつける。場合によるけれど、乾燥した梅干しのようなものが少し顔をだしているケースがやりやすかった。

手袋の指先でその梅干しみたいなのをカリカリ引っかく。便秘薬などを飲んでいる場合はごく稀《まれ》にそれが蓋のようになっていて、梅干しをとると、もう少し大きな固い粘土を丸めたようなものがコロリコロリと出てくることがある。そういうケースが一番楽でやり甲斐《がい》があった。

本人もここちがよさそうなのでそういうときは鼻曲げが声をかけてはげます。

「けっこう、けっこう、いいかんじ、いいかんじで出てますよ。順番まちみたいでかわいい、かわいいですよ。もうすこし息んで、もうすこし息んでもうみんなだしちゃいましょうね。今みんなだしちゃいましょうね」

そういうときの鼻曲げのストレートな励ましは老人たちに評判がよかった。鼻曲げは喋り癖で同じことを繰り返して言うが、耳の遠い老人は、二回ぐらい繰り返して言ってくれたほうがちゃんと理解できて、あの人は親切だ、という評判になる。そんなふうに鼻曲げに励まされながら気持ちの悪かった腹部の膨満感から解放された老人は「風呂に入る次に気持ちがええわ」などと言う。老人の水分のないコロコロ便は臭気もすくなかったから鼻曲げにはさして嫌な仕事でもなかった。

でもおかしなことに鼻曲げはこの手伝いをすると、自分自身が必ず排便したくなった。自分の意志と力で排泄できることを確認したくなるのかもしれない、と鼻曲げは自分で考えた。排泄し終わると勇気が湧いてくるような気がした。

鼻曲げがその日の仕事をおえて、後部車輪が泥除けカバーときちきちになって擦れていくスクーターで海沿いの道に出ると、ヘッドライトで確かめなくてもその背恰好のシルエットで頰こけが立っているのがわかった。

「おわったかい。今日は残業だったんだな。お前本当にまじめになったなあ。本気でやってんだなあ」

頰こけは暗がりのなかで煙草《たばこ》をふかしながら言った。

「今日は便秘じいさんの、便秘じいさんのさ、糞《くそ》掘りが長引いて、長引いてさ、それでほかにやることが順番に遅くなった。順番だよ」

「なんだい、その糞掘りって？」

「ああいうところは、もう腸の力が弱ってる、弱ってる老人ばかりだからさ、みんな固い便秘、便秘になる。浣腸《かんちょう》ぐらいじゃ出ないからさ、くるしそうなんだ。くるしそう。それで介護士が肛門から手で出して、出してやるんだ」

頬こけがスクーターの荷台に乗ると後ろのタイヤが完全に泥除けとぶつかってしまうので頬こけは歩き、鼻曲げはそれに合わせて歩くぐらいのスピードにした。

「そのときお前は何してるんだ。じいさんの糞するところを黙って見ているのか?」

「そうじゃない。おれが、おれが、主にやってやるんだ。ナイロンの手袋つけてさ。ゆっくりとさ。でないと、石ころみたいになっていて、引っ張りだしてやらないと出てこないんだ。ひとつ出るとコロコロリンと糞玉が出てくる。そうなるとやり甲斐があるよ」

「えらいな、本当にお前まじめになったなあ」

「まじめ、とかさ、まじめとかいうんじゃなくて面白いんだよ。パチンコじゃないけどコロコロリンだよ。楽しいじゃないか」

　小型のバスが鼻曲げたちを抜いていった。とおりすぎるときに軽いクラクションの音。事務と運転兼用の無口の石原《いしはら》さんが運転しているのだ。

　ていねいに鼻曲げが説明した。頬こけはそういうことにはまるで興味がなく、頬こけは頬こけの話をしはじめた。

「あのな、ちょっと気になる話があるんだ。今日ヒゲトシから電話があったんだけど、他県ナンバーのおかしなクルマがあの故買屋にやってきたんだとよ」

「こばいや、こばいやってなんだっけ?」

「中古の農業機械なんかを売っている裏街道のボロ店だよ。おれたちが押し入ってお前が親爺《おやじ》を殺しちまった」

「ああ、あそこを、こばいやっていうのか。だけどあそこはもうつぶれちまった。そうだろ、つぶれちまった。警察の調べも、調べも終わっておれたち乾杯した。乾杯したよな。川じゃなかった。もうあそこは運河というんだっけ」

「そうだ。思いがけないくらいあっさり調べも終わってしまったみたいで。でもそれでは迷宮入りになってしまうから警察はまだ何か調べているのかもしれない。捜査は隣の県まで行っている筈《はず》だからな」

「それだから、それだから、まだ捜査は終わっていないというのかい。捜査がさ」

道の反対側だけれど記憶にある太ったおばさんが白いぬいぐるみみたいな犬を連れてやってきた。離れているし、ずっとエンジンの音をたてているからこっちの話は何も聞こえない筈だった。

「あれからおれたちは、おれたちは、しばらく会うのをやめにして、一度だけオタカラを隠しに夜中におれたち会ったんだよな」

「そうだよ。だけど今はそんな話はいいんだ。今日ヒゲトシが電話で言っていた他県のおかしなクルマが少し問題なんだよ」

「ヒゲトシって誰だっけ。誰だっけ?」

鼻曲げは聞いた。

「大きなヘルメットかぶって電気バチバチやっている奴《やつ》覚えているだろう。電気中毒のやつ。頭のなかにバッテリーの電気を放電させてそれで口のまわりとか舌先なんかをしびれさせて幸せになっている奴だよ」

「ああ、わかったよ。赤い、赤いヘルメットのヘンな奴」

「あいつ一度、故買屋の件で警察の調べうけてんだ。部屋まで調べられたとさ」

正面からくる自動車のヘッドライトがいやに明るく強くかんじられた。

「この道を逸《そ》れよう。ヒゲトシの言っていた見覚えのないクルマに注意しないといけないからさ」

「そいつ、そいつさ、何者なんだろう？」

「わからない。そこらの日本車にアニメみたいな色を塗った、すごく目立つクルマだったらしい」

「どんなふうに」

「全部が緑色でアマガエル色だとさ」

「趣味がさ、趣味が悪いね」

そう話したところで頬こけのポケットの中の電話がブルブルいった。鼻曲げはエンジンをとめる。裏街道から運河にむかう道に入ってきていた。

鼻曲げはさっきから森の中の美奈子のことが気になっていた。時間的にまだ当分ひとりで台所仕事だろう。こんなところで頰こけとさして刺激のない話をしているよりも早く森の中の美奈子の家に行きたかった。

頰こけはかかってきた電話で商売の屑《くず》レアメタルの話をしていた。鼻曲げは介護センターに雇われる前までほんのしばらく頰こけのその仕事を手伝っていたが、何に使ったかわからない電磁機器を火花をあてて切断していってもどれが獲物なのかわからない退屈な仕事だった。あれだったら便秘じいさんの肛門からコチコチの乾燥粘土みたいな糞玉を取り出していたほうがずっと楽しかった。

ホログラフィの女

「そうか、それはちょっとまずいな」

頰こけが携帯電話をいままでよりちょっと強く耳に押しつけるようにして言った。頰こけの頰はえぐれるくらいに削《そ》げおちているので、二ツ折り携帯電話の折れる角度が直角ぐらいになっていて鼻曲げはそういう風景をいくらか感心して眺めていた。

頰こけは鼻曲げよりも頭ひとつぶんぐらい背が高かったので、鼻曲げからみるとだいぶ暮れてきた夏の夕闇の僅かに残った黄昏《たそがれ》太陽が頰こけの頭や顎の輪郭を際立たせ、なにかの彫像のようにも見えた。

「二人がモータースの倉庫のあたりに入っていくのをそのとき誰かほかに見ていた奴《やつ》がいたかい」

体をあまり動かさずに頰こけは同じくらいの声の調子でそう言った。もうレアメタルの話はとっくに終わっているようだった。

「そうか、それはちょっとまずいな」

電話のむこうのなにかの返答を聞いて頬こけはまたさっきと同じことを言った。それから唐突に話を終えると携帯電話をおりたたんで少しのあいだそれを強く握りしめ、やがて半袖シャツの胸ポケットにストンと入れた。誰かに電話しようかどうか迷っているようだった。

「やっぱり少し面倒なことになるかもしれねえぞ。ちくしょう。どっちにしても、今おれたちはわざわざこんな目立つところにいつまでも立っていることはないんだ」

頬こけのあとについてエンジンを切ったスクーターを引っ張りながら鼻曲げも運河にむかう道を歩いていった。

そのあたりはむかしの河川砂岩と上流のほうから長い年月をかけて運ばれてきた泥濘《でいねい》地層が混合され、ところどころ栄養に満ちていたり、軽金属汚染されていたりという、いささか曖昧《あいまい》な土壌になっている。だから盛り土のあったようなところだけ小規模な畑が耕されていたけれど、それでもとうに放棄された荒れ地も目についた。

たしかに頬こけの言うように黄昏がきているからまだいいが、昼間こんなところを歩いていたら通りをいくクルマからはバカのように丸見えだった。

「そ、そうだよな、おれ、おれたち、あっちの大きい道路から見たら畑泥棒のように見えるかもだよな。そうだよな」

鼻曲げがめずらしく自分らのことを遠くから見るような客観的な思考をした。さらに鼻曲げは今のことについて頰こけに何かもっと言いたかったようだったけれど、言葉がつながって出てこないのがわかったのかそれで話すのはやめた。

かわりに頰こけが喋《しゃべ》った。

「その、他県ナンバーのおかしなクルマに乗っていたのは二人組でな、そいつらは迷わずあの故買屋の倉庫のほうにむかっていったらしい。そうなると、そいつの少なくとも一人は誰なのかおれはわかっているけれどな」

「誰、誰かな、おれたちおれたち、あまり知り合いがいないほうがいいんだ、いいんだろ。そいつ、誰かな」

鼻曲げとしてはちゃんと言いたいことが言えたようで、それ以上は喋らなかった。

「そのおかしなクルマで来たという奴はお前の身代わりにされた男だよ。お前が殺しただろう。あの日お前、故買屋の親爺《おやじ》をワイヤーカッターで殴って殺しただろう。あの身代わりにされた男だよ」

「おまえ、お前、ちょっと待ってくれ。おれおれおれ、おれは違うだろう。おれは誰もおれの身代わりに身代わりにしてないよ」

鼻曲げが急速に興奮してきているのがわかったので頰こけは話を変えた。

「いいんだそれは。実はお前とは関係ないことなんだ。だからいい。おれに関係があることなんだ。だからお前はこれからもずっと黙っていればいいんだ」

「黙っている。これからも、おれ、ずっと黙っている、これからも」

長いこと手入れのされていないとわかる防風林が五〇〇メートルほど続くエリアに入った。防風林を形成しているのはちょっと柳に似ているモクマオウという背の高い木だ。防風林といいつつわずかの風ですぐに長い葉を踊らせた。だから「風を知らせる樹《き》」なんていう人もいる。しかも枝葉がやわらかいくせに強い風にはすぐに折れてしまうので、どうしてこういう樹が防風林に選ばれたのか知っている人はあまりいなかった。

「ここらにそのスクーターをとめてくれ。これからおれは運河堤防沿いに行ってモータースの倉庫の裏のほうから探ってみたいんだ。奴らに先に見つかるよりもこっちから奴らを確認しておきたいからな。本当にそいつらなのか知りたいしな」

「そうだよ。知りたいよ。そうして、それがすんだらおれは行きたい、おれおれおれ、行きたいところがあるんだ。だから。早く最初の仕事をすまそう。すまそう」

「美奈子さんのところか。でもな、今夜は状況しだいでは、それは難しいかもしれないよ。危険すぎるんだよ。あまりにも」

鼻曲げがそれを聞いて脱力し、急に不機嫌になったのが空気で分かった。どうして危険なのか説明しても、いまの鼻曲げには納得できないだろうから頬こけは黙っていることにした。

「とにかく少しだけ、はっきりなにかがわかるまで今日はおれの言うことを聞いておとなしくしていてほしいんだ」

鼻曲げは黙っていたが、不機嫌の度合いはかわらないようだった。

モクマオウのまばらな林をすぎると運河沿いの道に出る。黄昏時間はとうにすぎていたから、太陽の残照が空にひろがってその「かえし」で運河のところどころが濃淡を作り、川面《かわも》の油のひろがりがほんのわずか動いているのが見えた。運河はやはり川下のほうに流れているのだ。

ヒッハヒッハヒッハという規則的で健康的な呼吸の連続が背後から接近してきた。でも頰こけと鼻曲げのいるところから少し距離をはなしてさわやかに走っていった。まだ高校生ぐらいの娘らしい。野球帽の後ろのストラップの隙間から飛び出ているポニーテールを規則的に左右に揺らしながらぐんぐん遠のいていった。

「走るの、走るの、走る女っていいね。好きなんだよ。おれ、そういうの見てるの。ずっと見てるの。好きなんだよ。走るの、走るのひと」

この時間は、運河には船がまだ走っていた。ヨットやプレジャーボートふうのしゃれたものではなく、喫水ぎりぎりまで土砂を積んで鈍重そうにいく運搬船や、運河の奥の船溜《ふなだ》まりに戻っていく漁船などだった。

モクマオウの林が切れて整備地区は終わった。そこから先は以前それでも何かの役にたっていたのだろうと思われる雑木と蔓草《つるくさ》のからみあったような低地が河川散歩コースの掃き溜めみたいなかんじで見えてきた。

そこが「農工具・特殊重機モータース」の倉庫の後ろ側だった。一番端の窪《くぼ》みの穴が粗大ゴミの捨て場のようになっていて、驚いたことに頬こけと鼻曲げの二人で捨てにいった故買屋の親爺の血で汚れたソファが、あのときと同じままで転がっているのが見えた。

地元の警察はあの親爺がここで殺された可能性が相当あるというのに、こんな初歩的なことも調べていない杜撰《ずさん》な捜査をしているのだろうか。

大きな農業特殊機械を扱っているモータースの倉庫は、外側から見るかぎりあの事件の頃のままで、人の気配はまるでなかった。それからどうするか頬こけは少し迷ったけれど、そのおかしな色あいのクルマで来た奴らが、どこでどうしているか、少しでもこっちが先に知っておきたいという気持ちは変わらなかった。

危険とわかっていたが、鼻曲げには目立たないようにそこで少し待ってもらって、頬こけだけ倉庫の裏から事務所のほうの様子を見にいくことになった。

ついに陽《ひ》がすっかりおちて、あたりは急速に本物の闇になっていた。倉庫に無理やりくっつけた木造とプレハブのまざった事務所は、ここも裏側から様子を見ているかぎり、いままでとまったく何も変わっていなかった。

あのとき頬こけが騙《だま》し、死んだ故買屋の死体の入ったロッカーをピックアップトラックに一緒に運ぶのを手伝ってもらった男は、高速道路で交通事故を起こしたものの、彼にとってはなにか意外な幸運な展開があって、今は自分の意志でここに戻ってくることができた、と考えるほかないように思えた。

あのあと頬こけは全国放送のテレビをはじめ、隣の県の新聞なども手にいれて徹底的に事件のその後のことを調べた。けれど死体の入ったロッカーと事故車のことが数日報道されただけで、運転していた男の情報はまるでつかめなかった。その事故で死んでいてくれたら一番有り難いことだったのに。

そいつが生きていて、自分をハメた男を捜しにこの場所に戻ってこられるのを頬こけは一番恐れていた。

警察の捜査がどうなっているのかとかあの男がどんな事態になっているのかということでおれたちの対応も全然ちがってくる筈《はず》で、そういうことの情報がまったくないのが息苦しかった。それというのも何もあのようにして殺すこともない展開なのに、まるで病気の猫でも潰すように一撃で故買屋の後頭部にワイヤーカッターを叩《たた》きつけて殺してしまった鼻曲げが異常すぎたのだ。

頬こけは、鼻曲げと一緒に隠したそこそこの量のエベナを持ってどこか遠い他県に一人で逃げてしまうことも何度か考えた。けれどそういうふうにいきなり居場所から消えてしまう人間を警察が一番マークすることも知っていた。さらに頰こけがいなくなって、コントロールの効かなくなった鼻曲げが何のヘマをおこすかわからない、という不安もあった。

警察が介入するような事件になり、やがてこの件との関連が見えてきて警察に厳しく尋問されたら、奴のことだからさらにまた何を言いだすか分からなかった。鼻曲げがいま毎日のようにやっている美奈子の家の覗《のぞ》きも犯罪になる。鼻曲げにそう言っても、かつて自分の妻だった女を見にいってどうして犯罪になる、と逆に食ってかかる始末だった。

それだけならまだいい。鼻曲げは、自分が人殺しだということをあまりよく理解していないようなところがあった。だから逃げるなら面倒くさいけれど鼻曲げを連れていくしかない、というのがこのところの頰こけの考えだった。それに折角獲得したエベナを大量に持っていても、それをどういうルートでさばいたらいいのか、今の頰こけにはまだその知識も人脈もなかった。

用心深く、頰こけは故買屋の事務所を裏側から一回りした。事務所の中に、怪しい来客が二人、息を潜めてあたりの様子を窺《うかが》っている、という可能性も考えたが、神経を鋭敏に集中しても、今のところその気配はないようだった。

暗闇のなかに残したままの鼻曲げのことが気になったが、この事務所から歩いて五分もかからないところにいるデカヘルの電気中毒者、ヒゲトシに会っておく必要もあるだろう、と考えた。けれど奴も相当に変わっていたから、訪ねていくと何をどんなふうに説明してくれるか分からなかった。さらにその話になるまでどのくらい時間がかかるかもだ。そのあいだ鼻曲げを河原の近くに待たせておけるかどうか。そこで頬こけはやはり鼻曲げを連れていくことにした。

さして時間がすぎたわけでもないのに、帰りのルートは場所によっては漆黒といってもいいくらいの闇になっていて、何度かわけのわからないものにつまずいてもう少しで転倒しそうになってしまった。

見当をつけておいたところに鼻曲げはいなかった。意外だった。でも考えてみたらそろそろあの林だか森だかの中にある美奈子のところにいって台所仕事を覗き見するには最適の時間になっていた。念のためにさっき鼻曲げが置いていったスクーターのところまで戻った。そのあたりは街灯の光という目印もあり、場所に間違いはなかった。でもスクーターもなかった。鼻曲げは精神の底のほうから震えるように湧きだしてきて、からだを揺るがしてしまう誘惑にやはり今夜も耐えきれなかったのだろう。

結局頬こけ一人でヒゲトシの家に行った。

プラスチック製の安物の門のヒラキをあけると、冗談と悪意と紙一重の用心深さで、三メートルほど先にある赤ライトがいきなり点灯した。ご丁寧にそのライトは回転していて、どこかにスピーカーが仕掛けられているらしくインターホンのヒゲトシの声が何の意味があるのかアニメの悪魔か何かのように重く変声され訪問の用件を聞く。

頬こけは笑い、さっきの話の続きを聞きにきたんだ、と何時《いつ》もの調子で言った。

わざわざ創作増幅したアニメ効果音のようなごたいそうなドアのあく音がして、それがすむと回転ライトは消えた。

考えてみたら頬こけがヒゲトシの家に来るのはそれが初めてのことだった。変わっているけれど、友達がいないだけで性格はなかなか素直ないいやつだし、ちゃんとしたPC関係のシステムエンジニアとして生計をたてているのだからもっと早く仲を深めたほうがよかったのかもしれない、と頬こけは初めての訪問を意識しながらそう思った。

玄関の先に六畳ふた間ほどの部屋がつながっていて予想したとおり周囲にいろいろ雑多な機械や電子機器など普通の人間には理解不能なものがぎっしり並んでいた。

ヒゲトシはもうヘルメットは脱いでいたがハリガネとカネの網で作ってあるような透明ヘルメットとでも呼ぶしかないようなものをかぶっていた。額や耳の横から真《ま》っ直《す》ぐに銀色の金属棒が突き出ているので、その棒がヒゲトシの頭を十字型に貫いているように見えたりする。

「さっそくだけど、さっき電話で聞いた連中のその後の様子を聞かせてもらいたいんだ」

　頬こけは時間を気にしているような気配を作ってそう聞いた。鼻曲げのこともあったし長居はしたくなかったのだ。

「彼らは、やたらにめだつアマガエルのような色をしたアホなクルマでやってきたんだ。二人組だ。二〇代と三〇代ぐらいの男二人で、それとなくあたりの様子を窺うようなそぶりであの親爺のところの倉庫と事務所の両方に行ったよ。でもどちらも鍵がかかっているから入れない。一人は裏のほうにも回っていったみたいだけれど、やはり入れないので仕方なしに戻ってきた。それから二人してまたそのアマガエルみたいな色をしたクルマに乗ってしばらくそこから倉庫や事務所の様子を窺っていたようだよ」

「どのくらいそうしてた？」

「そうだね。たいした時間じゃなかった。三〇分ぐらいして諦めたみたいにまたどこかに走っていったよな。そのあいだにぼくは一度わざわざ軽トラを出して彼らのそばまで様子を見にいったんだ」

　それは耳寄りな話だった。

「彼らを近くで見たんだな」

「そう。どっちのやつも見覚えはなかった。なんとなく丸い顔した奴と、ラッキョウみたいな奴。どっちも瞬間的だったから実際は違うかもしれないけど初めて見る顔なのは確かだった。若いほうのやつが煙草《たばこ》を斜め上にくわえてこっちの様子を注意深く見てた。こっちのスバラシく派手なクルマを鑑賞しているみたいだったよ」

ヒゲトシは電気オタクとして微小なりとも常に感電していないと具合が悪いのではないかとふいに気になった。よくみるとやはりズボンの裾から細いコードが出ているのがみえた。電圧調整されている電気だろう。服の下をコードが走り、その先のどこかが例のヘンテコな金網帽子に繋《つな》がっているようだった。

「そんなに若くないもう一人のほうに見覚えはなかったかい」

あの日、頬こけがハメた男のことをヒゲトシが見ていなかったか、と期待したのだが、あいにくあの事件の夜、彼は外出していたらしい。

それ以上ヒゲトシのところにいても有益な情報はないように思えたので、帰り支度をしはじめると、ヒゲトシは「ちょっとだけ、ちょっとだけ見て行って下さい」と、哀願するように言った。何のことかわからなかったが、いきがかり上あっけなく断ることはできない空気だった。

「ホログラフィって知ってるでしょう」

ヒゲトシは言った。

くわしくはわからないが、記憶のどこかにあるなにかの専門用語のような気がした。だから頬こけは曖昧に頷《うなず》いた。

「いま、ぼくは、それの研究をしているんです。コレ、うまくいくと来年の物理学における ノーベル賞を貰《もら》えるくらいのものなんですよ」

ヒゲトシの顔に赤みがさし、言葉つきはやや丁寧に、そしてますます雄弁になっていった。

「実はずっとぼく、独自にコヒーレントの研究をしていたんです。これは世の中のすべての電波に関係します。電波はご存じのように振動数と位相が関係しています。ぼくはずっと電波を食べていましたから、それが栄養として思考のなかに育ってきたんです。だからあるときから理解してしまった。ぼくは自分でそれと知らぬ間にホログラムのもっとも簡潔な理論と実践をモノにしてしまったんです」

ヒゲトシの顔に恍惚《こうこつ》感がギラギラしてきた。

「それで今日も遅い午後に、運河沿いのちょっとした砂山を使って、あのあたりで遊んでいる子供らにほら穴の中に捕らわれた小さなお姫様のホログラフィを見せていたんですよ。あの河原の砂は電荷滞留が大きいのでホログラフィを再現しやすいんです。ちょっと電磁波ノイズがあって輪郭が不安定に揺れてしまい、見る者にそうとう集中力がないとかたちは曖昧でしたけど、でもちゃんとホログラフィの女を再現できました。小さな体が少し震えて動いてましたからね。小さなお姫様です。見ていた子供のうち、それとはっきりわかったという子と、よくわからない、という子がいましたが、見る角度と受け取る脳のトリプトファンの個人差が微妙に影響するんです。でも見えたという子らは大喜び、コーフンしてましたよ。大人も一人見にきたくらいですよ。このあたりで見たことない人だったけれど、しばらくしてから前にどこかでチラッと見たような気もしたんです。なんだか不思議なヒトで」

前にチラッと見た記憶がある——というのが気になった。

「その人は一人だったのかな」

「ええ、一人で、退屈そうでした」

「観光客？」

「それにしては何も荷物を持っていなかったですから何だったんだろうなあ。ぼくにむかって農機具モータースの技術関係の人ですか、なんて聞いてましたけど」

「いくつぐらいの人だった？」

「そうですねえ。ぼくと同じくらいかなあ。でももう夕方近くの太陽を背にしていたから、その人の顔、あまりよく見えなかったんです。それよりもぼくはホロに集中してましたから」

ヒゲトシは頬こけの質問が煩《うるさ》そうだった。彼としては折角いいところに話がむかっていたのに腰を折られたくない気分だったのだろう。

頬こけは腕時計をチラリと見た。鼻曲げが美奈子の家の台所の外でそろそろ自分の陰茎をひっぱりだそうとしている頃だった。

「ねえ、聞いて下さい。ホログラフィは思ってるよりも仕組みは単純なんです。たとえば二つの光の波が来たとすると負の干渉によって必ず暗いスポットができます。その干渉を微細に利用して光の波と粒子を区別することがポイントなんです。それは暗いところと明るいところが絶えず動いている波動でおきる。そうしたら何もない空間に地球の反対側にいる物体をそこに立体投影することなんてまったく簡単じゃないですか」

よくみるとヒゲトシは頬こけの顔を見て喋っているわけではなかった。そこで頬こけはできるだけゆっくり体を動かし、入ってきたドアの方向に移動していった。それに気がついているのかそうでないのか、ヒゲトシはまだ同じ調子で喋っていた。ゆっくりゆっくり頬こけは体を移動させていった。ここから出ていく人に無意味な自動閉鎖ロックなどがドアにかけられていないことを祈りながらだ。

「あの女、あれからどうしたんだろうか」走り屋が言った。カエル色のクルマのなかで奴は常に煙草を吸っていた。そうしておれの知っている（懐かしの）（恨みの）（復讐《ふくしゅう》の）目的の場所に着いても、走り屋は止めているクルマの中で繰り返し煙草に火をつけていた。

「あれからどうしたって？」

おれは聞いた。

目的の記憶にある「農工具・特殊重機モータース」の前の田舎《いなか》のらくら二車線の片一方の道に停車したまま、おれたちはあまり明確な目的もない〝張り込み〟みたいなのを続けていた。

「だからよ、あのとき、おれたちはあの女をやっちまえばよかったんだよ。だってあの女そういう顔してたろ。おれたちに片目で必死の色眼《いろめ》をつかっていたじゃないか。燃える火の手前で目が潤んでいたろ」

走り屋は自分の鼻から大量の煙をふき出しながらそう言った。奴は思っていたよりも異常なんだ、とおれは聞きながら確信していた。走り屋のその話を聞きながら、まだおれはこれでもマトモなほうなんだろうな、と思った。

「だけどおめえ、あの女はあのとき完全に死にそうだったんだぞ。頭の半分の髪の毛が焼けてしまってもう頭の地肌しかなくて、そして必死に水を欲しがっていたんだぞ」

「死に水だよ。死に水にもいろんなのがある。あのまま押し倒して、おれたちがたっぷり体で死に水をとらせてやるべきだったんだよ。なんだおめえ、折角の機会だったというのにいい歳《とし》してビビリやがって」

「おめえ、さっきからそんなタメグチをきいて、いったい歳はいくつなんだ？」

「おれは違う話をしてるんだぞ。こんなときにおれの歳を聞いてどうする。歳なんて聞いてどうする。歳なんてだいたいわかるだろう。おれはあのじじいの孫なんだぞ」

「おめえ、本当に相当に悪だな」

「ソレ、ずっとおれ、聞かされてるよ」

「お前を見ていると言いたくなるからだよ」

そこは岬の近くの町だから、そのむかしは相当漁業で栄えたと聞いていたけれど、おれたちが停車しているあいだ数えるくらいのクルマしか通過しなかった。

一台だけ派手な装飾をした軽トラックがいやにゆっくり通りすぎていった。運転手は運転席の中にいるというのに異様に大きなヘルメットをかぶっていた。なんだあれは、と思って見ていると信じられないくらい沢山のテールランプをつけていた。本来のテールランプは二つだろうに、ざっと一二個ぐらいつけている。それが別の電気系統で点灯されているらしく、無意味にチカチカまたたいていた。意味のわからないチカチカだった。

「こんな果ての町までくるとああいうのがいるんだよ」

おれは、ここまで案内してきたてまえ、走り屋にそう説明した。でも走り屋はまともに聞いていないようで「あの女はやっぱりあれで死んだのだろうか」と少しは人間的な口調で言った。

「きっとおれたちのあとから来たクルマがなんとかしただろうよ」

「あのあと二〇分か三〇分ぐらいおれたちは走っていたけれど、あとからくるクルマは一台もなかったぞ」

「だから、おれたち以外のクルマはみんな救助仕事をしていたんだよ。ちゃんと人間らしくな」

「そうかな」

どういう意味か分からなかったけれど、走り屋は無念そうに言った。おれはそのあいだどうにも感情がささくれてきていて、エベナを飲みたくて仕方がなかった。走り屋のあなぐらみたいな住処《すみか》からエベナの貴重な一瓶はもってきてあったけれど、妙に観察力の鋭い走り屋の視線をどこかに逸《そ》らせてエベナを飲むことは難しかった。

三〇分ほどしておれたちはその場所を動くことにした。二人とも空腹に耐えられないくらいになっていたのだ。

その町には歴史のある私鉄電車が入っていて、鉄道幹線のターミナル駅からこの町まで二五分そこそこでなかなかモダンなデザインの電車が往復していた。けれどさしたる観光地でもない終点の岬の駅まではあまり沢山の客が乗ることはないらしく、もっぱら通学客で息をついでいるようだった。

よくはわからなかったが、その私鉄の終点になっている駅まで行けばなんとかなるだろうと考え、おれたちは遅い午後、駅に隣接したレストランにはいった。疲れた体がビールをほしがっていたけれど、まだ宿も決まっていなかったから、そこに着くまでどちらかはサケを控えなければならない。

「体も気持ちも疲れたな、ビールを飲んでいいか」

おれは聞いた。ずっと走り屋が運転していたし、宿までそういうことになるだろう、と思っていたからだ。

「そうだな。まずビールを飲もう。おれたち、考えたらずっと何も食っていなかったんだぜ」

走り屋が言った。

「じゃあ、ここから宿を捜すまでビールは我慢しておれが運転しよう。お前ずっと運転してたからなあ」

「でもおれはどっちでもいいんだよ。おれ、運転免許、とっくに剥奪されているからさあ」

走り屋はそのときとんでもないことを口走った。聞いてもいないことだった。

その店の、おれたちには外観から内装までまるでそぐわない洒落《しゃれ》た感じの白いテーブルに座ったとたんのことだった。

「でもな、こうしてひらき直って運転しているとまるでつかまらないものなんだよ」

走り屋は平然としてさらに言った。

「でもお前、そういう状態で捕まったら交通刑務所に行くってことも充分あるんだぞ」

「だから、そういうコトまで覚悟しているってさっき言っただろう」

こんな話、いま聞いたばかりだから走り屋が「さっき言っただろう」というのは単純なカン違いだったが、そこまで言ったあと走り屋が生ビールを二人分注文するのを黙って聞いているしかなかった。

「でもよ、そろそろ聞かせてくれよ。おれたちはなんでここまで来たんだよ」

走り屋は自分で話題を変えた。

「決まっているだろう。あの町にいたら早晩おれは警察に捕まる。どんな罪状かわからないけれど、なにしろおれが運転していたトラックの荷台には特大ロッカーが積んであって、その中に死体があったんだ。お前はまだ信じていないかもしれないがおれはそのロッカーもその中の死体にもまったく関係ない。でもそう言ったって警察はなかなか信じてくれないだろう。程度の悪い警察ほど思い込んだらナントカっていうからな。だからそのセンでしつこく調べるだろう。でもおれにはいまのところその無関係を証明するてだても証人もいない。証人がいるとしたら唯一の手掛かりはこの町だけなんだ」

おれが熱をこめて喋っているうちに生ビールが運ばれてきた。生ビールを差し出してくれた腕はいやにすっきり細長かった。

「おつまみはどうしますかしら」

女は商売声で言った。

「おれ、飯くいたい。ここんち何がある」

走り屋がいきなり若者そのものの口調になって聞いた。

「そうですねえ。この時間ですとピラフとかナポリタンとかアメリカンクラブハウスサンドとか……」

全体がほそっこくて背が高くポパイに出てくるオリーブみたいな女だった。

「それ、みんな」

走り屋が言った。

「ふふふ」

オリーブはそのとき確かにそう笑った。意味のわからない笑いだった。従業員ではなく経営者でもないような笑い声だった。

最初のビールをほぼ飲んだときに、おれは前々から聞きたかったことを口にした。

「おめえはあの、しけたバーの誰と関係しているんだ？」

真っ先にできてきたエビピラフをがしがし食っていた走り屋は、そのとき一秒ぐらい動きを止めた。

「あんた、よく覚えているな」

走り屋はピラフを山盛りにした大きなスプーンに視線を置いてそう言った。

「あの家のかっぱぎの情報をお前におしえてくれた奴がいるんだろう」

「かっぱぎかあ。たしかにアレはそうだったよなあ。でもあんたよく覚えているな」

「お前、さっきと同じことを言っているぞ」

オリーブがおれの注文したマカロニグラタンを持ってきた。おれは生ビールをおかわりし、走り屋はコカ・コーラを頼んだ。このあとまだ運転することに決めたんだろうか。でもこいつにそんな殊勝な遠慮があるとは思えない。

「パスタがもうすぐできますけどおもちしていい?」

オリーブが言った。

「たのみます、いつでも」

「ふふふふ」

とオリーブはまた笑った。

「ここらでそれをキチンとおれに教えろよ」

「ふふふふ」

と、走り屋が笑ったように聞こえた。もっとも食いながらの返事だから正確じゃない。

「あのな、ああいう田舎のバーは全部インチキなんだよ。あの店にホステスがいたろ。顔の大きな女だよ」

顔が大きい、と言われるとすぐに思いだした。こいつの祖父で、動く粘土みたいに不定型で、やっと生きているような常連じいさんの面倒をずっと見ていたひとだ。もうあなるとホステスのサービスなどというより介護のようなものじゃないか、とおれは最初のころにそう思って眺めていた。

「あの女なのか」

走り屋はそれには答えず、次にテーブルの上にのせられたパスタに素早く挑んでいた。

「そうすると、お前はあのホステスとできていたのか」

「いいじゃねえか。おめえが何でそんなふうに偉そうに言えるんだ」

走り屋が言った。

そう言われるとたしかにおれには答えようがなかった。この若さで人生を半分おりたような奴にはたぶんなんでもアリなのだ。

「あのな、おっさん。これは初めてヒトに話すことだけれどな、おれがやっている稼ぎは命をかけているんだ。それは分かっているだろう。いつも一瞬の命のやりとり勝負なんだよ」

走り屋がパスタから目をはなし、視線をまっすぐおれに向けて言うのでおれもそれに応えた。

「うまくいったとき、要するに標的のクルマがどこかにすっ飛んでいったとき、おれはガードレールを飛び越えたり立木に体当たりしたりして、自分が生きているのを確信してたんだ。それから事故車を探し、運転手が苦しんでいようが気絶していようが大急ぎで金目のものを捜す。それからどんどん逃げる。そうして逃げているときおれはたいていめちゃくちゃに勃起しているんだ」

走り屋は一気にまくしたてるとコーラも一気に全部飲んだ。

「そんときはもうな、自分じゃどうしようもないくらいに興奮してんだよ。そういうときにおれをな、おれを助けてくれた女がいたんだ。一生の恩人だよ。そうでないと、最初の頃、事故をおこさせたあと、おれは生きのびてそこらを歩いていて、そうしてむこうから来たのが女だったら誰でもいいからその女に飛びついて押し倒していたのに決まっているんだ」

そう言いながら走り屋が両方の目からいきなり涙を流しているのをおれはしばらく見つめていた。

オリーブが走り屋に「やっぱりすこし早かったかしら」などと言いながらかなり量のありそうなサンドイッチを持ってきた。この手足のやたら細くて長い女も走り屋が泣きながらパスタを食っているのを見て知っているだろうに、相変わらずわざとらしい若い女みたいな口調は変えなかった。

この女、本当に生きているのだろうか、とおれはふいに思った。それというのも厨《ちゅう》房《ぼう》はおれの背中のほうにあって、この女が注文をとりにきたときから、次々におれたちの料理を持ってくる今の今まで、おれは正面からその女を見ていなかったのだ。それに、いま走り屋が話をしていた、あの田舎のバーにいた大きな顔の女も、ちゃんとした輪郭をもってどんな目鼻をしていたのか実体として思いだすことができなかった。ここのオリーブも含めて時間が経《た》つとどちらも幻覚に近い存在になりそうだった。

「岬屋」というさして特徴のなさそうな宿に泊まることにした。看板に旅館と書いてあるけれど温泉があるわけでもなくとくに仲居さんなどの姿もなく、ただのさびれた民宿といったほうが正確なようだった。

「部屋は別々に二間とるんですね。海に窓が向いてる部屋が空いてますよ。お二人、そこがいいですね」

むかしどこかのシリーズ映画で見たことがあるような、気を許すと際限なく小言ばかり言いそうなお婆《ばあ》さんが何故《なぜ》か座布団を一枚胸の前に抱えながら我々の顔を見あげて言った。

「いや、ひと部屋はその反対側にしてくれませんか。町のほうからこっちにむかってくる道が見える部屋だとなおいいんですが」

「そっち向きの部屋もありますが、いいんですか。北向きになっちゃいますよ」

おれはそれで構わない、という顔をして頷いた。

「夕食はすんでいたんですよね」

「風呂ありますか」

走り屋がぶっきらぼうに言った。

「あらお客さん、ひどい傷でえ。ああ、でもそれはもうだいぶ前の傷なんですね。間違えてすいませんね。でもびっくりしましたよ」

おれもときどき光のかげんでその傷を今しがたどうかしたか、と思うくらい生々しいものに見えて一瞬、驚くことがあった。

「あんたはどうする？」

走り屋が聞いた。

「いやおれは風呂はまだいい。一休みしたらあのさっきの駅の前あたりの繁華街に行ってこの町の様子を見てくることにするよ」

「ふーん。観光地でもないこんなところをよそ者が歩いていると、すぐにこの町の暇な奴らのえじきになるぞ。そういうのが今どきここらの通りを歩いているって、まるでパンダみたいなもんだよ。こういう田舎で商売やってる連中は何軒かで連絡をとりあっているんだ。知っているだろう。そのうちのひとつの飲み屋なんかにあんたが納まったとしたら、たちまち町の人はあんたがそこにいるってことを知るようになる。そのなかには警官もいるわけだ。あんたもそういうコト知っておいたほうがいいと思ってな」

ありがたいんだか気の重くなる迷惑な忠告なんだか分からなかった。

おれはでかける支度にわざと時間をかけ、走り屋が一階の風呂場に行くまで待った。それから、この宿が部屋ごとに鍵をかけたりしない、ということを利用して走り屋の部屋にしのびこんだ。奴のカエルのクルマのキイは部屋に脱ぎ捨ててあった長袖シャツの胸ポケットからすぐ見つかった。

そいつを持ってこの宿の入り口にあった三、四台でいっぱいになってしまう空き地駐車場に行きトランクをあけた。多少慌ててはいたが、あの雨ばかり降っていた日に二人で詰め込んだ、ほぼ等分なはずの金入りのバッグのうちのひとつをひっぱり出した。それからトランクの開閉ドアを目隠しに、ちゃんとそこにあの金が入っているのを確かめ、それを持ってまた走り屋の部屋に行きクルマのキイをもとにもどした。それからおれは薄手のブルゾンを羽織ってようやくゆっくりした動作で岬から町にむかう道に出た。

けれどこれからどうしたものか、確かな方針があるわけでもないから、歩きながらおれはあれこれ考えていた。ぶら下げているバッグの中に大金を持っていて、宿には何も私物を残していない。

おれは久しぶりにささやかに自由になっているのだけれどそれから具体的に何をしていいかわからないのだった。

風呂に入る前に走り屋の言っていたことを思いだしていた。こんな小さな町にやってきたよそ者などたちまち町中の人の見せものみたいになってしまう、というやつだ。こっちが知らなくても、まわりのみんなが知っている。それはわかるような気がした。それから先にあるのは警官の職務質問というやつだろう。

そういう面倒な場所から抜けだすためには一刻も早くもっと大きな街に行ってしまうことだった。それには終点のこの町ともっと大きな街を往復しているまるで場違いに派手な電車に乗ってしまえばいいことだった。

その駅舎に近づいていくとバスという手があるな、というごくごく他愛のない別の方法に気がついた。バスのほうがより細かく停《と》まっていくから後から追う者に行方をわからなくさせる便利な方法のように思えたが、バスは乗っているのが自分だけじゃないし、どこかとんでもない山の中で降りたら、この町をうろつく以上に目立つことになる。同時に自分はなんでこうまでしてこの町にやってきたのか、ということを考えた。

逃亡、の意識がいちばん強かったけれど、おれの無罪を証明する奴を捜すこと。そして大量のエベナを見つける、という誘惑も大きかった。

あの大量のエベナを手に入れて売りさばいていけばもっととてつもない大儲《おおもう》けができる可能性がある。それには走り屋の相棒はいらない。そういう仕事にあいつは危険すぎた。

そう考えると自分の分け前の金を持って宿をいち早く出てきたのはやはり正解だった。

ちょっとこっちが油断すると全部の金をトランクにいれたまま走り屋がどこかにすっとんでいってそれですべておわりになる、という可能性があったからだ。

駅の前のちょっとしたロータリーの真ん中は小さな花壇になっていて看板に書いてあるように「小野田《おのだ》長生会有志」が管理しているようだった。どのくらい前まで管理されていたのか、あるいは長生きしている人がもう殆《ほとん》どいなくなってしまったのか、花壇のなかにあったものはみんな元はなんだったのかまるきり正体のわからない枯れ草になっててんでにへばって倒れていた。

「網田《あみだ》不動・湯滝行き」と行き先表示のある小型バスがロータリーをゆっくり回ってきたが結局誰も乗らなかった。そのバスが走り去っていく方向に、少し前に走り屋とめしを食っていたレストランが見えた。走り屋はまだ風呂に入っているのだろう。奴はもう今日は何も用事はない筈だった。

小型バスと入れ代わるようにして黒色のタクシーがやってきた。気がつかなかったが、おれの座っているベンチはバスやタクシー待ちの客が利用するようになっているようだった。

こういう場合、タクシーが一番いいような気がして、自動ドアがあくタイミングにあわせておれはごく自然に乗り込んだ。読み間違いでなければそのタクシーには「強強」と書いてあるように思った。どう読むのだろうか。「つよつよ」「きょうきょう」。

考えてもわからないことだった。

「どちらまでいきますか？」

運転手が聞く。

おれにとってそれはいきなりの質問だった。そこまで考えていないうちに乗り込んでしまったのだから。

会話に少し間抜けなスキマができてしまった。

「運転手さん、ちょっと行き先の場所の名称を思いだせないんだ。まずこのロータリーをぐるっと回って運河のほうにむかってください」

「岬河口ということですね」

そういう名称がまるでわからない。

「運河のそばをずっといくと昔ちょっとした遊園地だったらしいのがあるでしょう。壊れた観覧車なんかがあって……」

「マルフジともだちランドですね。それならわりあい近くですよ」

まるっきり初めて聞く名前だったけれど、それでもおれはほんの一カ月ぐらい前にここにやってきているのだ。

そのときは街から陸送をやっている友人のトラックに乗せてもらってきた。もう少しいくと有料道路になって、隣の県にいくまで町らしいのはまるでない、と聞いたので、運河のそばで降ろしてもらったのだ。陸送をやっている友人は隣の県に入って最初のサービスエリアに併設されている風呂つきの安ホテルにその夜は泊まるのだ、と言っていた。

おれも行きたかったがなけなしの持ち金をどこでどう使うかわからないのでその町で降ろしてもらうことにした。

そのトラックに乗るときに「金はいらないよ」と友人が言っていたことに丸々甘えて礼の言葉だけ言って今走っているこのあたりのどこかに降りたのだった。

あのときはその日ぐらしだったけれど、でも今はちょっとあるなどれないぐらいの札束入りのバッグをおれはぶらさげていた。

「あの遊園地は夜になるとここらのガキがいろいろ悪い遊びに集まるちょっと問題のあるところですよ。町の人は早く撤廃を、と言っているけれど負債者とか地権者とか管財人とかヤクザとかいろんなのが関係していて誰も手がつけられないらしいんです。こないだも無断侵入者が怪我《けが》をしたんですが、怪我したそいつが逮捕されたりしてたし」

運転手はだいぶお喋りのようだった。

「ひとつ質問していい？」

おれは聞いた。

「はい。なんでも」

「このタクシーの屋根の上の行灯《あんどん》というんですか。客が乗っていないと電気がつくやつ。あれにたしか強いという文字が二つ並んでいたけれど、あれいったいどう読むんですか?」

「ああ、あれね。えーとこれは会社タクシーじゃないんです。個人。個人タクシーの屋号みたいなもんで」

「個人タクシーでしたか。で、なんと読むんですか?」

「なんでしょうねえ」

言いながらさすがに運転手も笑っていた。

「どう読んでもらってもいいんです。よく、きょうきょうさん、なんて言う遠方からきたお客さんがいますがハイって返事してます。わたしは〝つよつよ〟がいいかな、と思ってるんですが。〝つよつよ〟強そうでしょ。はは」

陽気な運転手だった。

二度目にみる廃棄遊園地は、その間一カ月と少しでしかないというのに、太陽の角度にもよるのか前回見たときよりもずっと老朽化が進み、全体の錆《さび》が物量をもって増えているような気がした。

このまえ見たときはなかった鉄棒の柵が遊園地全体を囲んでいたけれど、シロウトがやったのかと思うほどおざなりに鉄杭《てっくい》を刺してそれを金網で繋げたようなものなので、あちこちで鉄杭は倒れ、金網ごとひしゃげているところのほうが多かった。

おれはつまらないものを触って倒したりしないように用心しながらそこを通過し、一〇メートルぐらい先に今度は板柵で囲ってある内側のガードの破れ目から廃棄遊園地の中に入っていった。ものすごい慌てかたで灰色の太った猫が一匹、どこかの隙間から飛び出てきて、あちこちぶつかりながら板柵の外に出ていった。

どこかにひっそり隠れているのだったらわかりようがないが一人か二人はいるんじゃないかと思った人間の姿はなく、板柵のなかは全体に糞便《ふんべん》と石油のまじったような臭いがしていた。

この前、頬のこけた奴に案内されたときは、そいつがここの回転するコーヒーカップの巨大な遊戯機械のナントカというそこそこ金目のものを苦労して取り外しては売っていた、という話を聞いていた。

それは全体が斜めになった直径八メートルぐらいの円盤がベースになっていて、ところどころ、あの頬のこけた奴が奪っていった跡そのものなのか、がらんどうになった穴が見えた。その穴の上に回転する大きなコーヒーカップが載っていたらしい。穴によってはその内側にも太い回転機械のようなものが入ってきていてところどころ機械と機械のあいだにいかにも危険そうな隙間があるのを見つけた。

この場所を思い浮かべ、おれがまず最初に頭の中に浮かべたのはそういう打ち捨てられた機械の穴の中だった。

この遊園地全体からは〝かねめ〟のものは全部はぎ取られてしまっている筈だった。あのときも頬のこけた奴が「ここはもう本当の残骸だけです」と言っていたのを思いだした。

おれは、コーヒーカップを駆動させる残骸の穴の中のさらに大きな駆動機械の裏のほうに金の入っているバッグを押し込んだ。防水になっているだろうバッグなので数日の隠し場所としては問題はない筈だった。

角度を変えてその回転する円座の上のほうに登っていった。沢山の把手《とって》や穴があるのでそれを摑《つか》んでいけば楽に一番高いところまで登れた。見上げるのと、高いところから見下ろすのとでは随分眺めが違うが、隠し場所の穴の位置を二つの方向から確認しておくのは重要なことだと思った。

一番上の位置からは運河沿いの、道とも空き地とも言えないスペースが細長く続いているのが見えた。遠くに小さなクルマが止めてあり、人間が数人、集まっているようだった。ちょっと見たかんじでは何かただならぬ事態が起きている可能性もあったが、風もなく波の音もない運河全体の空気が平穏であることを告げていた。

ちょっとした人だかりは子供たちだった。そのあたり、河原の砂を集めたような小山がいくつかできており、その中で一番大きな砂の小山の後ろにみんなが集まっていた。アフロヘアなのかと思うくらい頭の大きな人がいるな、と思ったらヘルメットをかぶった大人が砂山の後ろ側にいて何かに夢中になっているようだった。おれが近づいていくとそのヘルメット男がおれを見上げた。

そいつの顔に見覚えがあった。それもそうだ。その日の遅い午後に、つまりはほんの三時間ぐらい前におれたちが「張り込み」みたいにしてモータースの様子をクルマの中から見ていたとき、そいつとすれ違ったばかりだった。

運転席側にいる走り屋の顔だったら近くで見ているから覚えているだろうが、助手席側にいたおれはそれほどはっきり見えなかった筈だった。宿を出るとき羽織ってきたブルゾンであのときとはイメージもそうとう違って見えているだろうし。

そのデカヘル男が何をしているのか気になった。けれどそういうことを質問する前にデカヘル男は興奮した口調で喋りはじめていた。

「さあみんな。またもう少し静かにしてね。今掘ったほら穴のなかに宇宙怪人につかまって小指ぐらいに小さくされてしまったホログラフィ姫が出てくるところだよ」

子供らに低い声のざわめきがおきた。

「でも準備に時間がかかるんだ。まだ電波の波が正常になっていないからね。今は宇宙にここの位置を知らせているところなんだ。もうじきつながる筈だからもう少し待っておくれ。あっ、そこの二人のキミ、砂山の上に乗ってはいけないよ。ここは一番重要なところだからみんな守ってくれるかな。山には触らないでみんな左右からそおっと回っておいで。順番に、順番にだよ」

デカヘル男のまわりにはいくつかの電子機器が置かれていて、それらは何本かのコードや光ファイバー用のケーブルなどによってかなり複雑につながれていた。

よくはわからないがこのデカヘル男はなにか相当に先鋭的な電子技術を持っているようで、単純な子供だましの遊びをしているようには見えなかった。

時々独りごとのようになる男の言葉のなかにホログラフィックメモリとか重力レンズなどという、子供たちには、そしておれにもすっかりとは理解できない言葉がたびたび出てきた。どうもこの小山の穴のなかには大きな塵芥《ちりあくた》よけのケースに入ったかなり精密なマイクロレーザー投影装置のようなものが仕込まれているようだった。それらを駆動させている電力は一〇メートルほど離れたところでエンジンを回転させている軽トラックの荷台にあるガソリン駆動式の簡易発電機のようだった。

「さあみんな静かに。静かにして」

デカヘル男が言った。

いよいよほら穴のなかに小さな動く本物のお姫様が出てきたのかと思ったのか、左右の子供らがみんなで一斉に押し合うような状態になった。

「ああ」

と、子供らの誰かが叫んだ。砂山に圧力がかかり、どうやらほら穴が少し潰れてしまったらしい。

子供たちのあいだで責任をなすりあうようなちょっとした口あらそいがおきた。

「いいんだよ。誰のせいでもない。また最初からつくりなおそう。宇宙のむこうからお姫様をよぶんだからお迎えの装置もなかなか簡単には調子が出ないんだよ」

ヘルメットだけじゃなくけっこう心も大きな男のようだった。

神経集中の準備に入るためか大きな呼吸をしているデカヘル男に、おれは「もしかして農機具モータースの技術関係の人ですか」と聞いた。男は少し間をおいて「ちがうんですが」と言った。

エベナ

「高圧下では絶縁体も金属になってしまう、っていうスゴイ現象知ってました？」

太った男はモーレツに力をこめた声でさっきから二、三回同じことを言った。名前は通称トシです。髭《ひげ》が濃いのでヒゲトシともいいます。そう自己紹介した頭の大きな、しかもアフロヘアの男は、ときどき自分の唇をものすごい速さで舐《な》めながら嬉《うれ》しそうに話し続けていた。

ヘルメットをはずしてもバクハツしたようなアフロヘアが現れるので頭の大きさが殆《ほとん》ど変わらない。そういう人間を見たのは初めてだった。しかもその髪の中に埋もれるようになにかのカナモノの輪と十字に見えるカナモノの棒をくみあわせた冠みたいなのをかぶっている。それは脳に直接届くアンテナだとヒゲトシは言った。

子供たちしか聞いていないなかで大人のおれが最後まであの実験を見ていた、ということがそうさせたのだろう。おれはヒゲトシの厚意でテールランプをいっぱいくっつけ、荷台にはガソリンで動く発電機を載せた軽トラックに乗せてもらい、河口のあたりまで続いている堤防道路の先端まで来ていた。

高校生のデートみたいに堤防の段差のあるコンクリートの上に並んで腰をおろし、退屈な磁場と半導体の話をおれはずっと聞かされていた。間断なく喋《しゃべ》っているのはヒゲトシで、さっきまでホログラフィを使って宇宙のフラクタル現象を子供たちに解説していたその話の続きだった。自分の話に自分で酔うという厄介なタイプで、さらに困ったことにおれにわかる話は何もなかった。

「だってそうでしょう。強磁場現象の下ではわたしたちが想像もつかないことがおこっているんですから。反磁性体は動いている荷電粒子が磁場をかけるとそれを打ち消すように円運動をするくらいなんですからね。しかもそれが内回りなんですよ」

「ああ、内回りねえ」

おれは風呂から帰ってきた走り屋がそのあとどういう行動をとっているのだろうか、ということを考えながらヒゲトシの熱弁に適当に相槌《あいづち》を打っていた。

走り屋はそれほど頭の回転がいいというわけではなさそうだったが、何かのカンが異常に鋭敏なような気がした。それに反射能力や運動神経も常人以上だ。そうでなければあんな「走り屋」なんて命をかけた仕事はできない。

奴《やつ》はおれがたんなる散歩に出ただけとは思っていないだろう。おれがいない、とわかるとすぐに自分のあのカエル色のクルマのトランクをあけて金の有無を確かめた筈《はず》だ。おれがもってきた金はたぶん奴とほぼ同じ、奴のじいさんの家の壁の中の隠し金のちょうど半分ぐらいの筈だ。

奴がそれで満足して、そのあとはあの宿に泊まるかクルマでどこか出かけるか、おれを探しに出るか、そこのところがちょっと読めなかった。あの金はおれの協力のもとに手にいれたものだとしても、もとは自分の本当のじいさんの金だから時間が経《た》つにつれてべつの考え方をしているかもしれなかった。

ヒゲトシの癖は、三分に一回ぐらいすごい速さで自分の唇を舌でぐるりと舐めるのと、興奮するとより激しくなる左足の貧乏揺すりだった。

話はいまは「スピン磁気」というテーマで続いている。

「ねえ、凄《すご》いでしょう。普通の物質だとたとえ一〇〇万テスラかけられても何ひとつかわらないのに黒鉛だと一テスラ程度の磁場でもきれいに並ぶんです」

「ほう、それは凄い！」

おれは力をこめて言った。おれはなんにもわかっていないのだからもうやけくそ気分だ。ここでこんなふうに何時《いつ》までもわけのわからない男とわけのわからない話をしていていいのだろうか、ということの焦りがそろそろ出ている。

「凄さわかりますか！」

「もちろんわかりますよ！」

「この原理を利用すると、いまぼくが取り組んでいるホログラフィのエルステッドの実験磁場が完成するんです。さっき河原の砂の山の穴の奥でやっていたみたいなね。あれを実験室で再生できるんです。凄いでしょう」

「あれってなんでしたっけ」

おれはうっかり生半可に反応してしまった。ヒゲトシは少し笑った。

「ほら、あのもう少しで宇宙の王女がでてくる実験。でもあれを完璧に再現するにはもうひとつの重要な実験装置が決定的に足りない。それが高いんです。なかなか買えない」

その話をするとそういう反応になるのかヒゲトシは軽く苛立《いらだ》ちはじめた。

しかたなしにおれは聞いた。

「なんていう実験機械なんですか？」

「機械ではなく組み立てるものです。熱電半導体といってビスマス・テルル系や鉄・硅《けい》素《そ》系なんかがあります。それでモジュールを構成するんです。なんとかそれらが手に入ればいいんですけどねえ」

ヒゲトシはダダッコのようにすぐに猛烈ないきおいで左足の貧乏揺すりを開始した。

ヒゲトシの話を聞きながらおれが気になっていたのは「走り屋」がおれの持っている

半分の金を取り返しにあのカエルのクルマで町のあちこちを走りまわり、河口までやってきてしまうことだった。その前になんとかしてあの頬こけを捜すか、奴の隠しているだろうエベナを見つけてここから逃げだすことだった。この町で頬こけを知っているはずの男はとりあえず、いまおれの隣に座って宇宙の秘密の極限技術について際限なく喋り続けている太った宇宙電気オタクだけだった。

まだ何か難しいことを喋り続けているヒゲトシにおれは聞いた。それは完全に奴の喋りを分断するかたちになった。

「この町に住んでいる奴で、ほっぺたがこう、頬をすぼめたようにへっこんでいる奴を知らないですか。我々と同じぐらいの歳《とし》で……」

ヒゲトシは根がいい奴らしく、今のいきなりの話の中断にも別段気を悪くした様子はなかった。

少し考えていたが、すぐに思いあたるのがいたらしく「いますね。その人しかいないくらいよくわかりやすく」

それまでの口調とまったく違った声でそう言った。

おれたちは互いにわかりやすいくらい明るい声になって河口横断道路から川べりを走る道に入った。ところどころ低い陥没のある粗末な道を少しだけ上流にむかう。すでに完全な夜の闇になっていた。両岸を加工しすぎて運河のようにみえる堰堤《えんてい》のところどころに街灯が並び、犬を散歩させている人が堰堤の上と下に分かれてすれ違っていたりする。

「でも、本当に、本当に、それだけで、その機械を、機械じゃなかったシステムをプレゼントしてくれるんですか。本当に、本当に」

ヒゲトシの声は多少うわずっているようだった。

「でも、すくなくとも二〇万円はしますよ」

もう何度も聞かされているのでおれは黙っていてもよかったのだが、何かの拍子にヒゲトシにヘソを曲げられてしまうのもよくないと思い、おれも同じ返事をした。

「大丈夫です。ただし目的の人に会えたらですけどね」

「ただし」

と、ヒゲトシも同じ言葉で返してきた。

「あの人はどこにいるかはっきりした住居というのがないんですよ」

「ホームレスというわけですか」

「そこまではひどくないです。臨時的ですが稼ぎもありますからね。だからひと晩あれば見つかりますよ。だいたい居場所はいくつか決まっているし、どうせ狭い町ですからね」

ヒゲトシはこの前見たときのようにクルマの中でもヘルメットをかぶっていた。ヘルメットの中に今日も微弱で良質の電気が流れているのだと言っていた。「口笛のでそうな電気ですよ」と、ヒゲトシはつけ加えた。

彼が最初に連れていってくれたところは、それまでにも何度かきた運河沿いの廃棄遊園地だった。

頬のこけた男は本当に頬こけと呼ばれているらしいが、それが本名でないことは確かだ。いままで一番長く彼がねじろにしていたのはその廃棄遊園地の中の従業員控え室のような部屋で、そこは管理者によって早々と板やトタンなどで入り口を閉鎖されていたが、相当にタフらしい頬こけにとってはどうということもなかったのだろう。

おれはその日の夕方近くに隠したばかりの金の入ったバッグをまず回収したかったのでヒゲトシに少しクルマの中で待っていてもらい、夜の闇でも周囲の反射であんがい明るい回転コーヒーカップの丸い形をした斜面を登った。いったん一番上まで行って確かめなくてもバッグを詰め込んだ場所はすぐに特定できた。あの頬こけがむかしここのどこかに住んでいたと聞いたときは一瞬不安になったが、大切なものはおれがねじ込んだまま無事だった。

少し迷ったが、これからまだどのような展開になるかわからないので、バッグの中からひと包み一〇〇万円のパラフィン包装の束をひとつひっぱり抜いてベルトに挟み、さっきと同じようにバッグを穴の中に戻した。

ヒゲトシはちゃんとクルマの中に座っており、ちょうどいい電気が流れているところなのかうっとり恍惚《こうこつ》の表情になっていた。

コトは急がねばならなかった。その恍惚から目覚めさせるためにやや乱暴にドアをあけた。

「ちょっと見回しただけだけど今見たかぎりではヒトの気配はなかったですよ。どうしたらいいのかな」

「あっ。それはね、彼の潜んでいるポイントがあるんです。おれが行って調べてきます。ところでまだ聞いてなかったけれどおたくなんという名前なんですか。それ話してくれていいですか」

「いや、誰も外に待っている人がいるなんて言わないでいてください。《こぐれ》という人がここにいるのかいないのか確かめてくるだけでいいんですから」

《こぐれ》と言っただけでヒゲトシはすぐにわかったようだった。

「ああ、りょうかい。確かめるだけね」

ヒゲトシはいい電気に合わせているのか軽い鼻歌といっしょに外に出ていった。

おれはまたヒゲトシの軽トラの助手席に座り、彼が姿を消したあとはただの死んだ怪獣みたいに見える巨大な黒いかたまりを眺めた。そういえばおれがこの町にきて初めて話をした相手があの頬のこけた奴だった。記憶には濃淡があっていまがちょうど地つきの亡霊みたいにそれがふいに大きくなったみたいで、その頬こけ男は「こぐれです」と言っていたのを少し前にいきなり思いだした。

「こぐれ、です。ただの」

奴はそう言ったのだった。

おれはさっきベルトに挟んだパラフィンに包まれた札束をひっぱりだし、包みをあけた。そこから一〇万円だして五万円ずつ別々にふたつに折り、シャツの胸ポケットにいれ、残りはまたベルトに挟んだ。シャツとジャケットでそれを隠したが、そうすると腹がいくらかきつい状態になるが、今の恰好《かっこう》ではそこが一番安全なところのように思った。

そうしてしばらく黙って待ち続けた。

ヒゲトシは、入っていったところとは別の場所の、半分壊れたベニヤをドアのようにフワリとあけてその太った体を見せた。遠くの堰堤の街灯が彼の姿をわかりやすくしていた。

「いまはここにはいませんね。ここには今夜は来ないのかもしれない」

ヒゲトシはそう言って運転席に座りエンジンをかけた。彼の肉づきのいい手にかかるとおもちゃみたいに頼り無く見えるマニュアルのギアレバーをカシャカシャ動かしながら言った。

「この時間ではどこにしてもまだねぐらには帰っていない、ということでしょう。もうひとつ彼がよく立ち寄っているところがあります。ただし何かくすねてそれが売れて彼にちょっとした金があるときだけですけどね」

「これはさ、前金。とっといて」

おれはさっきわけておいた二つ折りにした五万円をヒゲトシの胸のポケットに入れた。反射的にヒゲトシはそれを自分でまたひっぱりだし、素早く数をかぞえた。

「えっ。ほんとですか。コレ本当に本当ですか」

ヒゲトシは心《しん》から感心したような声と口調になっていた。おれはこまかく頭を上下に動かし頷《うなず》いた。

「そんならぜったいあいつを見つけないと……」

ヒゲトシの軽トラは町にむかう道にはいってきたのでいきかうクルマがはっきり増えはじめていた。近くに産業道路があるというのでけっこう大型のトラックが轟然《ごうぜん》と突っ走っている。夜になっても大きな道は限られているからこのくらいの滞在でも道の左右の風景に見覚えのある建物がいくつかあった。

おれはもっぱらカエル色のクルマが走っていないか注意していた。

奴に出会ってもなにが問題になる、というわけでもなかったが、あいつのクルマは現金窃盗に使われたものとして特徴とナンバーぐらいはこの町あたりの警察にもとうに連絡がきているかもしれなかった。あの「走り屋」もそのくらいは承知しているだろうから、もっと遠い町に逃げてしまっているのだろうと考えた。奴がよほど欲深かった場合は話は別だった。

「もう夕食の時間です。腹へったでしょう」ヒゲトシは言った。

「これから行くところが飯屋なんです」

そう聞いてなんとなく場所が目に浮かんだ。それは正解で、その日、走り屋とめしを食った駅前の店だった。広いパーキングがあるので町の人には人気なのだという。

あれからまださして時間がたっているわけではないのだが、たしかに空腹になっている気がした。そしてもっと空腹なのはヒゲトシのようだった。

店に入る前になかの様子を窺《うかが》った。注意すべきは「こぐれ」の姿だ。それからひょっとして酒でも飲んでいる「走り屋」の姿も。

こういう店に入るときはヒゲトシもさすがにデカヘルをとるので、その下のアフロへアの中につけている不思議な形をした金物のワッカだけがやはり奇妙に目立った。ワッカを通して頭の左右と額から後頭部にまっすぐな金属棒が突き刺さっているように見えたりする。ヒゲトシに聞くとそれで残存衛星からの電波を拾っているという。残存衛星というのもなんだかわからないが、まあ何も聞かないでいた。聞けば話は長くなるし、やっぱりおれには何もわからないに決まっているからだ。

オリーブが数時間前と同じ顔とエプロン姿で店内を動き回っていた。単に痩せて細長い人、と思っていたが、細面《ほそおもて》の顔にはどこか面倒そうな媚《こび》が走り、煽情《せんじよう》的に丸く引き締まっている尻が前よりもいやに目につく。長い足の脹《ふく》ら脛《はぎ》に、きりりとした筋肉が走っている。瞬間的な勘でしかなかったがこういう女が「こぐれ」とできているのかもしれない、と思った。金ができると奴はこの店にいる、とヒゲトシが言っていたばかりだし。

思い切って彼女に聞く、という手があるな、と思った。簡単にいかなかったら一万円ぐらいを情報料として彼女の手に握らせる、という方法もあった。

一番早く出来る、ということでおれたちはカレーライスを注文した。

「おれラッキョウいっぱいのせといて」ヒゲトシが言った。

オリーブは笑って頷いた。それから空の盆を載せているような恰好で左手を空中にもちあげ、インド人の踊りのようにして厨房《ちゆうぼう》に消えた。

「あれ、こぐれ、の女なのか？」

おれは小声で聞いた。

「そういう噂《うわさ》を言うヒトもいます。想像すらしないヒトもいます」

ヒゲトシもやはり小声で言った。それからヒゲトシは少し不思議な間合いのあと一本抜けている前歯を見せ、善良そうな顔で笑った。初めて正面から見る笑顔だった。

オリーブが言ったとおりたちまち出てきたカレーライスを早食いして、おれたちは外に出た。

カレーを食っているときに「こぐれが一番仲のいい奴がたぶん、必ずいるところを知っている」とヒゲトシが言ったのだ。〃たぶん、必ず〃ってなんなんだ、と思ったが口にはしなかった。

ヒゲトシはそこから一〇分ほど町から離れたちょっとした郊外住宅地のようなところにむかい、宅地造成前の「売り地」と看板のある荒れ地に軽トラをとめた。

ほんの少し前まで荒れ地だったところを切り開いたらしく、ところどころに雑木を横に積み重ねた山があり、その先に建て売り住宅らしい建物がいくつか並んでいる。もともと土地が安かったのか、家々の敷地は都会のそれとはちがってどれもゆったりしているようだった。

荒れ地の隅々までなにか捜して歩いていたヒゲトシが「あった、ありましたな。歩けば目にするアルキメデス」などと小学生でも言わないような無意味なダジャレを呟《つぶや》いている。

何があったのか見にいくと一台の貧弱なスクーターだった。

「これがなにか?」

おれは聞いた。

ヒゲトシは口の前に指を一本たて〝静かに〟の合図をした。

「ここから先はぼくのあとをそおっとついてきてください。音をたてないように。逃げられる可能性もあるけれど、奴は体力はないからそうしたら追っていってつかまえてしまえばいい」

「あいつ、そんなにひ弱だったかな」

おれが聞いた。

「いえ、こぐれじゃないんです。こぐれがどこにいるか知っている奴なんです」

「どの家にいる？」

「家のなかじゃなくて家の外です」

奴の言うことはすっかりとはわからなかったが今はとにかくあとについていくしか方法はないようだった。

めあての家は一番近い端にあった。

垣根というには不用心すぎるブロックの二段重ねの敷地境界があり、それをまたいでそっと接近していく。ヒゲトシは最初からその家の裏にむかっていた。

家には誰かいるようで僅かに台所仕事のような音が聞こえる。その音のほうにヒゲトシは太っているわりにはさして音もたてずにずんずん進んでいった。

闇のなかでヒゲトシが誰かを見つけたようだった。声はなく、揉《も》みあうような音もなかったが、しばらくしてヒゲトシに腕でも摑《つか》まれているのか先にたっていやに素直に小柄な男がおれの待ち構えているところに現れた。

痩せて貧相な男だった。顔を歪《ゆが》め、不服そうに、幼児がイヤイヤでもするように首を振っている。家の中から漏れてくるあかりの中でそいつのズボンの前チャックがあいていて、なんともなさけないそいつのモノが巣穴に戻れない小動物のように小さな白っぽい顔をのぞかせていた。

捕まえたほうも捕まえられたほうもなにか秘密の共通した大きな意味をわかっているらしく、できるだけ音や声を出さないように協調しあっているように見えるのが不思議だった。

そのままの状態でスクーターや軽トラを止めてある荒れ地に移動した。

「お前、お前、なんなんだよ。お前。何しにきたんだよ。こんなことしていいのかよ。いいのかよ。お前お前。こぐれに言うぞ。お前それでいいのかよ」

痩せた男は捩《ね》じられていた腕をほどかれるとそのあたりをさすりながらヒゲトシと、それから見慣れないおれの顔を交互に睨《にら》んだ。

「いや、すいませんでした。逃げられてはいけないと思ってですね。ついつい」

ヒゲトシはそれまでの荒っぽい扱いをしていた男とは思えないくらいいきなり恐縮し

た声でそう言った。

「あんた、あんた。あんた誰？　なんでそこにいるの？　なんでいるの？　そこにいるの？　何の用？」

痩せた男はおれを見て歪めた顔のまま言った。それからヒゲトシに指さされてはじめて気がついたらしく、ズボンのジッパーをあげた。小さな弱々しいモノが股間の闇に消え、そいつの持ち主だけが不思議に威嚇力のある声と顔で怒り続けていた。ここまで離れると、もうさっきの家の人には聞こえないのだろう。

「いきなり手荒なことをさせてすいません。実はあんたに用があるんじゃなくて、あんたと仲がよいと聞いていたこぐれさんに用があるんです。こぐれさんを知っているでしょう？」

おれは相手に聞こえればいい、という程度のできるだけ抑えた声でそう言った。コグレという名を聞いて、その男に闇のなかでもちょっとした精神的変化が現れたのが見てとれた。脈は大いにあった。こいつはたしかにヒゲトシの言うとおり頬こけの友達だった。

「あんたは、あんたは、警察じゃないのね。警官じゃない？」

痩せた男は憤懣《ふんまん》と不満とを等分にまぜたような顔と口調でまだ文句を言っていた。

「ええ、勿論《もちろん》。ただこぐれさんを捜しているだけの者です。あなたがちゃんとこぐれさんがいるところを教えてくれたら、我々はこのまま帰ります」

痩せた男は胸にたまっていたらしい緊迫した息を少しはき、いったん下を向いた。何か考えているような恰好に見えた。それからあたりの風景を眺めるようにして闇のなかで首をゆっくり上にむけ、そして小さく頷いた。


数分後、絶対に逃げない。逃げたらヒゲトシの軽トラをスクーターのけつに本気でぶつける、という条件に従ったかんじで痩せた男は先にたち、夜の道を走っていた。

痩せた男の進んでいく先にもはっきり見覚えがあった。走り屋とおれがこの町に来たとき最初に寄った「農工具・特殊重機モータース」の倉庫と事務所の方角であり、同時にヒゲトシの住処《すみか》の近くだった。

「あの野郎、あそこにまだ潜んでいたのか。殺人事件では殺人の現場が一番注意すべき場所なのに」

ヒゲトシが感心したように言った。

「もっともあの中に閉じこもって事務所の明かりさえつけなければ警察の捜査済の場所だしかえって安全なのかもしれないですね。頭のいい奴ですわ」

ヒゲトシが付け加えた。

先頭をいく痩せた男は安定したスピードでその倉庫の前にスクーターを止め、ヒゲトシもそれにならった。

首尾よく中に頬こけがいたらおれたちの接近を奴はとうに察知している筈だった。痩せた男は慣れた動作で事務所の裏に率先して入っていった。頬こけがいたらそれとわかる声を出してもらう手筈になっていたが、その声はなく、間もなくシケタ顔をして痩せた男は裏のほうから出てきた。

「今夜は、今夜は、どうもここにはいないようです。どうもいない、いないようです。いないいんです」

痩せた男は言った。

「問題の場所の前で立ち話をしているのもナンだからいったん事務所のなかに入りませんか。そこでこぐれさんが戻ってくるのを待っていてもいいし」

おれが提案した。

「それには表のクルマとスクーターを目立たないところに片づけておかないと」

ヒゲトシは宇宙アクセス問題から離れると案外常識的だった。

ひととおりのことを終えておれたちはモータースの事務所に集まった。警察によって大雑把に封印されている冷蔵庫から痩せた男がこともなげに缶コーヒーとかジュースなどを人数分だした。そういうものがいつもここに入っている、ということをよく知っている、というわけだ。電気は切られているから勿論冷たくはないが、緊迫の続いていた喉にはそこそこうまい。

「お前、携帯電話でこぐれさんを呼び出せないのか」ヒゲトシが言った。

「あんたこそ、その宇宙通信で呼び出したらいい。呼び出したらいい。あんたなら宇宙全部をさがして誰でも呼び出せるんだろ。呼び出せるんじゃないの。あんたこそ」

痩せた男は意外に激しい性格の一面をもっているようだった。

「これは国内通信には使えない。カピッツァに限界があるんだ」ヒゲトシが言った。

「だからお前しか奴と連絡がとれない」

そう言って痩せた男に話を戻した。

「こぐれさんを呼んでどうなるんですか。こぐれさんを呼んでさ。それからどうなるのか、どうなるのかまだ何も知らされていないし、どうなるの。どうなるんだか」

痩せた男は言った。

「取引したいんだ。エベナだよ。あんたその名前知っているだろう。ここのモータースの親爺《おやじ》が大量にもっていた」

ヒゲトシは軽トラのなかでおれが教えたことをちゃんと覚えていた。病気みたいに見える痩せた男の白い顔にピクッとした変化があった。

表の通りをかなり大きなトレーラー級のクルマが走り抜けたらしく事務所のガラス戸がビリビリ鳴った。

「あんたそのクスリをどうしたいの、手にいれてどうしたいの？」

　痩せた男が不思議な迫力をもって聞いた。

　三人がそこで顔を見合わせた。

「それはなんのクスリ？」

　ヒゲトシがおれにむかって聞いた。おれは軽トラのなかでヒゲトシに話しておいたのだ。探しているのはエベナというものだと教えたがクスリとは言ってなかった。

　また三人が顔を見合わせることになった。

　こうなったらヒゲトシに内緒にしておくわけにはいかないようだ。

　おれが言った。

「そのクスリの内容物とか、どこで生産したものなのかということはおれは詳しくは分からないんだ。探してくれと世話になっている人に頼まれているだけなんだ。そのクスリはあるルートからかなりの量がこぐれの手に入ったんだ。そうだ。それはこぐれと親しいあんたも知っている筈だ。どこにあるのか知っていたらこぐれなど待っている必要はないんだ」

「知っているのか」

　ヒゲトシが急に緊迫した声になって痩せた男に聞いた。

「それがどこにあるのか、どこにあるか知っていたら知ってたらカネになるのか。カネになるのか？」

痩せた男は興奮するとその厄介な繰り返しことばが多くなるようだった。

「カネになるよ」

おれは答えた。

「どの、どの、どのくらい？」

「量にもよるけれど全部で三〇万円でどうだ」

「三〇万円！　それは即金でか。即金で？　三〇万円！　本当にか」

「そうさ。おれの手にちゃんと引き渡してくれたらだけれどさ」

痩せた男はまた少し考えるしぐさをした。

それからさして間をおかず「行こう、自分が知っている」

痩せた男はきっぱりそう言った。

「なにか道具がいる。道具が。地面掘るやつさ。普通のスコップでいい。普通ので」

おれたちはにわかに慌ただしくなった。

「こいつが知っているのならこぐれさんなどを巻き込まないほうがいい。だから早くここを出るんだ」

おれはみんなをせかした。

また痩せた男のスクーターを先頭におれたちは夜の道路に出た。運転中におれはヒゲトシのシャツの胸に二つ折りにした五万円をまたこじいれてやった。ヒゲトシの顔が横から見ても紅潮しているのがわかった。これからどんなことがどうおこるのかわからないけれど、これでヒゲトシがこれからおきるかもしれないなにかのいさかいでおれに歯向かってくることは当分ないだろう。おれはそう踏んだ。奴にはまだ成功報酬があるのだ。

痩せた男がむかっているところはまたもや運河のようになった川沿いだった。風のにおいがかわり、潮風に少しヘドロくさい臭いがまじっている。沿岸漁業の小船が岸沿いにもやってあり、プールのように少し水を引き込んだ区画には数艘《そう》のヨットやプレジャーボートがわずかな寄せ波にぎしぎしいって揺れていた。

その後ろ側には漁師小屋もしくはヨットやプレジャーボートのオーナーたちの備品倉庫らしい小屋が混在して並んでいた。

ホームレスがこういう小屋に忍びこんで寝ぐらにする、という方法もあるような気がした。しかし痩せた男のやかましい音をたてるスクーターはそれらの地域を通過し、背後の疎林の連なっている道を目指していた。

何度も来ているところらしく痩せた男は灌木《かんぼく》に隠れて道路から見え難《にく》い場所にスクーターをとめた。ヒゲトシの軽トラも小さいので茂みに隠れるようにして止めることができた。

「ここから先は、先はさ、みんな黙ってみんな黙って静かにいくんだよ。いいね。行くんだよ」

　痩せた男は自分からすでに声をひそめながら言った。

「スコップをもっていくんだ。スコップ、持っていくんだ」

　ここまでくるとおれたちのリーダーは完全に痩せた男になっていた。モータースから持ってきたスコップをヒゲトシが肩にかついだ。

「どうして声を潜めないといけないんだ？」疑問に思ったことをおれは聞いた。

「このあたりは、このあたりはさ、海浜ホームレスが沢山自分の巣、自分の巣を作ってる、作っているんだ。自分の巣をさ。ブルーシートや漁網とか大きな浮きのカタマリがあるところなんかがそれだ。カタマリのところは中に人間がいることが多い。カタツムリみたいにだ。カタツムリだよ」

　そこで痩せた男は低い声で唐突に笑った。女みたいに片手で自分の口をおさえている。

「でもさ。おれたちがいくと、みんな警備パトロールと思ってじっとしているから、じっとしているから、わかりにくい。わかりにくい」

　そう言って痩せた男はまた低い声で笑った。どうしてそんなことで笑うのかわからなかったし、相変わらず面倒な喋り方だがおれはもうだいぶ慣れてきていた。

疎林の中には夜目でもそれとわかるくらいの道筋がついていて思ったよりも歩き易《やす》かった。痩せた男の言う海浜ホームレスが作った自然の道なのかもしれない。「けもの道」というのがあるから「ホームレス道」といってもいいかもしれないな、とおれは思った。でも黙っていた。痩せた男ならまた口をおさえて笑うような話なのかもしれないが、おれは黙って歩いた。

先頭が痩せた男。続いてスコップを肩にしたヒゲトシ、それにおれが続いている。疎林全体がほのかに明るいのは上空に月が出てきたからのようだった。

痩せた男の歩くスピードが極端に遅くなり、どうやら目的地に着いたらしいとわかった。痩せた男は疎林の下のくさむらのところどころにある土の露出した場所を注意深く調べているようだった。けれどなかなか目的のものが見つからないらしくついに四つん這《ば》いになった。そのあいだおれもヒゲトシも何をしていいのかわからず、さして目的もなくあたりの様子を窺ったりしていた。あたりにとくに変化は何もなかった。

やがて痩せた男が四つん這いになったまま振り向き、スコップをよこせ、という手つきをした。

それを受け取ると、膝をついたまま土を掘りはじめた。できるだけ音をたてないようにしているようだが、このあたりの土には砂利のようなものがまじっているらしく、ときおり軋《きし》んだ音が聞こえた。

痩せた男が最初に見当をつけたところは目的の場所とは違っていたらしく、そのまま横に移動していった。ひはひはと辛《つら》そうな呼吸が聞こえてくる。替わろうかね、とヒゲトシが囁《ささや》き声で言ったが返事はなかった。

しばらくその状態が続き、やがて痩せた男はいきなり立ち上がり、かすかに判別できる「ホームレス道」をそこからさらに三〇メートルほど歩いていき、道ぞいにあるちょっとした土の小山のようなものの端にスコップを乱暴に突き刺した。

なんだか形容のつかない動物的な音がその小山の中から聞こえ、小さく喘《あえ》ぐ音がそのすぐあとに聞こえた。痩せた男はスコップを置いてその土の小山のように見えた一カ所に両手を突っ込むと、いきなり力ずくでそれを左右に開いた。

小さな弱々しい明かりがあらわれ、同時に木偶《でく》のようなものがその小山の下の、実は穴蔵状になった空間に横たわっているのが見えた。

「こらあ、じじい。じじい。おまえがおまえが、土んなかから盗みだしたものをだせ。だせ。はやくだせ。じじい。じじい」

痩せた男がいままでの弱々しい気配とはまったく違う小さな怪物のような声を出していた。木偶のように見えたのは穴の中に仰向《あおむ》けになって寝ている老人のようだった。

「言えよ、こら。じじい。ちゃんとちゃんと言うんだよ。言わないと捩じるぞ」

痩せた男は老人の顔のまんなかに右手を伸ばし、右手の人差し指と中指を関節のところで折り曲げるとそのまま老人の鼻を摑み、一気に捩じ曲げた。老人の悲鳴と唸《うな》る声がまざって聞こえ、そのあたりの灌木にいたらしい夜の鳥が何羽かざわざわいってどこかに飛んでいった。近くにおなじようにして潜んでいるらしいホームレスが地中の小さな動物たちみたいにざわざわ動いているような音も聞こえる。

「いいか、動くなよ。鼻は折らずにいてやるから、折らないから、動くなよ動くなよ」

痩せた男は言い、上半身をくねらせて器用に穴蔵のなかにもぐり込むとしばらくして風呂敷のようなものに包んだ四角い物体をひっぱりだしてきた。

「くせえ！　ブタの巣みてえだ。クソよりくせえ！」

痩せた男が悲鳴まじりに言った。

その段階で穴蔵のように見えたものがブルーシートで屋根型に整え、その上に蔓《つる》性の植物や苔《こけ》のようなものをたくさんくくりつけているものだ、ということが灌木の枝葉でまばらになった月あかりの下でもよく見えてきた。その中で体を「くの字」にして老人がしゃくりあげるようにして泣いていた。いまの鼻の捩じりが相当に痛かったのだろう。

痩せた男は、まだいたるところに土のついている風呂敷をといて中のものをひっぱりだしていた。なにかの薄い金属の箱があらわれ、蓋のまわりはかなり粘着力のあるテープが巻かれていた。そいつを苦労して引き剝がしていく。蓋をあけるとビニールで梱包《こんぽう》された箱があった。痩せた男はそいつを爪で剝がしている。なかに白い小さな瓶がいっぱい詰まっていた。見覚えのあるエベナだった。

おれはヒゲトシの軽トラックに乗って再び町に出た。「いまのあいつ、前から知っているんですか」おれは聞いた。

「いつもこぐれとつるんでいるヘンな奴ですよ。さっき見たようにどういう具合になっているのか体は細いくせに指の力だけ異常に強くて、ああやってヒトの鼻を指で捩じって攻撃するんです。だから〝鼻曲げ〟というふうにも呼ばれているんです。でもあいつがああいう攻撃をするのは女と子供とそれから老人です。噂だけどあいつが今のところの前に勤めていた老人介護センターみたいなところで、なかなか糞《くそ》の出ない便秘の老人の鼻をあんなふうに捩じって泣かせているところをセンターの誰かに見られて、それでクビになったといいます。理性のエントロピー欠如の問題ですわ」

ヒゲトシは赤くて目立つからとその鼻曲げに言われてはずしていたデカヘルを再びかぶり、新しい放電とショートを受けて気持ちがいくらか安定してきたようだった。

「でもおたく、あいつに約束どおりちゃんと三〇万も渡しているのでびっくりしましたよ。それはそんなに価値のあるものなんですか？」

ヒゲトシにはまだ詳しく説明する気持ちはなかった。目的のものが手に入ったので、もう頬こけを捜してもらう気力が失《う》せつつあったし、ヒゲトシの成功報酬の判断に迷っているところだった。

頬こけと顔を合わせても、あのロッカーのなかの死体について、奴が本当のことを喋るとはとても思えなかった。たぶんそんなこと何も知らない、と言い張るに決まっている。かといって警察に連絡すると藪蛇《やぶへび》になりそうだった。

だからもうこれは忘れるしかないと思いはじめていた。エベナは手に入ったし、あとは廃棄遊園地に行って隠してある金の入ったバッグをとりだせばいいだけだった。

それからこのろくでもない町から脱出するための方法を考える必要がある。ヒゲトシにはそこまでつきあってもらいたかった。それができたら頬こけを見つけられなくてもあと五万円ぐらいを彼に渡すつもりだった。

廃棄遊園地の、あいかわらず黒くて巨大な怪物のような影のなかにクルマが一台止まっているのが見えた。その段階でおれはヒゲトシに軽トラをとめてもらった。膨れ上がってくる嫌な予感に胸が悪くなる思いだったが確かめるしかなかった。

ヒゲトシにはクルマにそのまま乗って待機してもらうことにした。それからおれは足音をたてないようにして廃棄遊園地の巨大な闇に近づいていった。

嫌な予感はあたっていて、止まっているのはカエルのクルマだった。奴はまだこの町をうろついていたのだ。クルマの中をそっと覗《のぞ》いてみるとキイがかかったままだった。走り屋はきっとこの巨大な黒い怪物に目を奪われ、不用心にキイを抜き取るのも忘れて中に入っていったのだろう。

そのとき、少し離れたところで別のクルマのエンジンがかかる音が聞こえた。振り返るとヒゲトシの軽トラのエンジン音だった。おれの頭のなかになにかとんでもない光が炸裂《さくれつ》した。

奴のクルマの中におれは手にいれたばかりのエベナの箱をそっくり置いてきてしまったのだ。代償として三〇万もの大金を払っているのをヒゲトシは見ている。

おれは走り出していた。渾身《こんしん》の力をふりしぼっての疾走だった。幸い、軽トラをとめたあたりの土はいくらかぬかっているらしく軽トラはクルマの向きを入れ換えるだけですでにもたついていた。やっと走り出した軽トラの助手席のドアにまでは届かなかったが、低い荷台に頭から突っ込むようにして上半身をあずけることができた。

方向転換したあとスピードはあがってきていたが、おれは荷台のまんなかにボルトかなんかでしっかり据えてある発電機を手がかりにして荷台の前に這い進んだ。さっきエベナを掘り起こすときに使ったスコップがそのまま放り投げられている。それを摑み、膝で立って軽トラの屋根を力まかせに叩《たた》きまくった。薄い軽トラの屋根が一撃ごとにへこんでいくのが見えた。

ヒゲトシはクルマを蛇行させ、おれを振り落としにかかったが、それよりも前に横に振ったスコップがあけたままの窓から効果的な打撃をあたえたらしいのがわかった。

スコップから手に伝わってきた感触でそのひと振りがヒゲトシのデカヘルのどこかに当たったらしいとわかった。次の攻撃を恐れてか、ヒゲトシはクルマのブレーキをかけた。おれは運転席のリアウインドウのうしろ側に胸を強烈に打ちつけたが、噴出するアドレナリンが痛みを殺してくれていた。

ヒゲトシは軽トラを停止させるとドアをあけて外に飛び出してきた。両手をめちゃくちゃに振り回すようにしてあわあわしたかんじで逃げようとしていた。おれは荷台にたちあがって自分でも何を言っているのかわからないことを怒鳴り、さらに軽トラのあちこちをスコップで叩いた。ひとつ叩くたびにヒゲトシはバタバタいって駆けていき、すぐにどこか闇のなかに消えていった。

エベナの入った箱はシートから飛び出し、助手席の床の上にサカサになっていた。おれはそいつを片手にしっかり摑み、軽トラのキイを抜いてポケットに突っ込んだ。そしてまた廃棄遊園地のほうにむかったが、思い直し、いままで振り回していたスコップを持っていくことにした。

コロセウム

頰こけは、金属も腐敗していくことを知っていた。チーズなんかに付着した青黴《あおかび》程度のものだったらちょっと鋭利なナイフで表面を削ると見たかんじ簡単に元どおりになる。ただしあくまでも見たかんじで、そのままにしておけばその日の夜のうちにも黴は復活し、ナイフで表の黴をこそげとったことによって前よりも種類が豊富な黴の攻勢が早まり、腐敗の時間をかえって早めていくことだってある。

金属にしても長く放置したあらゆる食い物と同じように、外側と内側から同時にじわじわ溶解度を増していってやがてはこの世界から全部消滅してしまうことがあるのを頰こけは知っていた。ということは長い長い時間、このままでいれば、この巨大な怪物じみた廃棄遊園地が、全体でじっくり腐敗し、崩れていくことになるのだろう。

この廃棄遊園地を腐敗崩壊させるものがここ数年、日増しに増えてきているのを頰こけは悲しんでいた。二〇代の頃に、ここに勤めていた。その当時が自分の人生で一番充実して輝いていたのだ。頰こけは時々そう言う。すると鼻曲げが「まだあんたの歳《とし》でそんな考えは虚《むな》しすぎる。そんな考えこそあんたのいう黴みたいなものだ」

鼻曲げがまだ体も気持ちも健康で、むしろ頬こけがへこたれていた頃の話だ。その当時、鼻曲げは若妻を貰《もら》ったばかりで毎日はつらつとしていた。頬こけが鉄屑《てつくず》集めの仕事を始めたばかりの頃に二人でよく強い酒を飲んでそういう話をしていたのだ。鼻曲げは精気に溢《あふ》れて頬こけに言っていた。「確かにここにある多くの鉄がやがてみんな疲弊して腐って崩壊していくだろうけれど、そんな気持ちでいるとあんたもやがてそれと同じだ。あの廃棄遊園地みたいにあんたも腐っていく。生き腐れというやつだよ」と。

頬こけがそんなふうに鼻曲げに意見されている時代があった。そうして鼻曲げにそんなことを言われると頬こけはかえって嬉《うれ》しい気分になっていた。生き腐れもいい、と。

頬こけが廃棄遊園地のなかで一番落ちつけて好きな場所は、かつてこの遊園地の従業員らが「中二階」と呼んでいた半回遊路のつきあたりに位置するところだった。

遊園地の上部骨格を支えるH型鋼が二本、斜めに交差している裏側だった。位置的にこの遊園地の一番奥のほうになっている。そこからだと今のこの廃棄遊園地に侵入してくる人が正面から見える。でもそこはかつての正式な入り口ではなく、閉鎖状態になってから、侵入しようとした者が誰でも真っ先に見つけて入ってくる仮の出入口だ。頬こけが自分のカクレガにした理由のひとつはそこを丁度斜め上から見下ろせる位置になっていたからでもあった。

どうにかタタミ二枚分ほどがとれるスペースをつくり、下にプラ厚板を敷いたそのまわりに合板をめぐらした。その合板は主に「びっくりハウス」の「夜の家」の壁であった黒塗りの厚いベニヤ板などだった。それらを集めてきて大きな箱状に組み立てた。屋根もベニヤ合板で張ったが、うまい具合にそのすぐ上にお子様ジェットコースターの滑り斜面が屋根がわりの位置にあったので、雨を心配することはなかった。

頬こけは、長いことここに潜んでいるあいだに、夜になってこの内側に侵入してくる人間には二種類あることを知った。

ひとつは単純な好奇心だけなので最初から腰のひけている奴《やつ》。もうひとつはなにか予想のつかない目的と、それなりの度胸を持った奴だった。頬こけにはなんの目的か予想のつかない奴の侵入だけが危険だった。

見ていて飽きないのはいろんな夜の時間帯にふいに現れる男と女の二人連れだった。たいてい酔っていて、もつれあうようにして入ってくる。かれらの多くは、この不気味に沈黙したままの黒いスタジアムのようなところで人目をさけ、楽に横たわれる場所を探しにくるのだが、ここにすみついている何種類かの野良猫どもが、そういうカップルの不埒《ふらち》な心根をすっかり見抜いているらしく、なかば退屈まぎれにやっているとしか思えない唐突さで、カップルのふらふら歩いてくる直前を横にころがる小さなタツマキのようにいきなり突っ切ったりした。

カップルはたいてい驚愕《きょうがく》し、そこで立ち止まる。女がさらに何か文句を言い、男がそれにむきになって強がっていると、またもやそういう展開を見透かすように、次の野良猫が二人の前を横切って遊園地のどこかの暗がりにもぐっていく。それは野良猫と同じように退屈で長い夜をおくる頬こけにとってもときおりの娯楽ショウだった。

女が酔いすぎていて、あまり奥のほうまで入ってくることができずにぐずっていると、いささかあっぱれな根性を持った男が、適当な場所を探して女を座らせ、闇の中でその女のスカートを開いて強引に覆いかぶさっていくような状態になっていくときもある。

男と女の、たいてい明日には互いにすっかり忘れてしまっているだろう「吹き出したくなるような」愛の会話を聞いて、頬こけはさてどうしたものかといつも困惑するのだった。頬こけが野良猫のように意図的にそういう闖入者《ちんにゅうしゃ》を脅したり怖がらせるようなことは絶対にしない。なにか暴力的なことや行き過ぎたことをして下手《へた》をこくと、今の自分のここちのいい、とりあえずのねぐらを失うことになりかねないからだ。

一番困るのは、そういう男と女がここにきてさらに増した酔いと、甘い体力の消耗によって、いったん果てたあとにしばしば二人とも無防備にもそこに寝入ってしまうことだった。

そうなると頬こけが鼾《いびき》をかいて寝てしまうわけにもいかない。どこの誰かも知らない二人連れに遠慮しながら夜の闇のなかで蚊とり線香をたくのさえ遠慮しながらじっと二人の深い眠りや覚醒を待っているのはいささか合点がいかなかった。愛する二人の邪魔はしないからとりあえず用が済んだのならさっさと退散していってもらいたかった。

だからそんな状態が長くなるようなときだけ、頬こけはタイミングをはかって手近なところにある石なり鉄の棒なりを、抱き合って寝ている二人から一〇メートルぐらい離れたところに放りなげ、時ならぬ警告音あるいは不気味かつ恐怖的な音を出してやることにしていた。うまくいくとそれによっていろんなところから数匹の野良猫がまた突然飛び出してきて、頬こけに加勢してくれた。

でも頬こけがもっとも警戒するのはなんの用でここに入りこんできたのかわからない奴だった。最悪なのは試すようにしてまずここに夜のあいだずっといて、やがて住み着いてしまおう、とする奴だった。そういう気配を感じる奴がふらふら迷いこんできたとき、頬こけはわざとそいつに接近し、頬こけのほうからいろんなことを話しかけ、別のところへ行かせるようにしむけていた。人によっていろんな話になった。多くは金がなく、一晩の仮寝の場所を探していた。そしてこの廃棄遊園地から何か金になるようなものを探そうとしていた。

頬こけは、もうここには金になる屑鉄は殆《ほとん》ど期待できない、ということを話した。なぜなら自分もそのつもりで少し前からここでいろいろ物色しているからだ、と説明した。意味なく敵対するようなことはしなかった。

そんな奴が一カ月に一人ぐらいは彷徨《さまよ》いこんできた。面倒なことだったが、頬こけは自分の住処《すみか》を守るために一人ずつ納得するように対応してやった。長いことそんなことをしているうちに、間もなくそんな奴がまたやってくるようだ、という予感が的中するようになっていた。どう対応するか、そのための最悪の状態も予測して、頬こけはこの腐れ鉄だらけの自分の城を守るための仕掛けをいろいろ考えたりしていた。それを退屈な日中の仕事にしているときもあった。

そのために、外部からの侵入者を常に警戒しながら、その鉄の城のなかを巡回していた。あらゆるものがこそげとられ、あとはこのでっかい鉄の残骸の全体が腐っていくのを落ちついて待っていようと思っていたが、まだときおり思いがけない発見があり、頬こけはそういうときに生き甲斐《がい》のようなものを感じていた。

その日、頬こけは中二階の半回廊の硬質アルミ合金でできた「すり合わせ式二枚平座装置」の手動クランクをなにげなく左右に揺すってみた。この装置は、幅二メートル、長さ四メートルの「揺れる道」だった。

かつてこの遊園地がそこそこ人気を得て稼働していた頃、厚いプラスチックカバーをかけられたこの道は、油圧装置で前後左右に揺れる仕組みになっていた。客たちは揺れる道の上を歩き抜けるのをけっこう楽しんでいた。装置としては簡単なわりには、何人かで手をつないだり、犬のようになって這《は》っていったりしなければならず、それが案外人気だった時期がある。

ここでも若いカップルたちが楽しんでいた。当時のこの装置の係の人はかなり年配だったが「アベックの方は手をつないだままこの道を倒れずに協力して歩きぬけられたらやがて愛はかなうのです」などと恥ずかしいことを大声で叫び、それも案外人気だった。ひと昔前のこととはいえ「アベック」などと言うのが頰こけには微笑《ほほえ》ましく懐かしく、それがいまではいい記憶のひとつになっていた。

電気回路が破壊され油圧装置もまったく機能を無くしていたが、当時を思いだしたついでに、メンテナンスのおりに使っていた手動クランクを何気なく揺すってみると、驚いたことにまだ少しは動いたのだった。手動で動いた、ということは全体の基本メカニズムがまだ磨耗とか腐敗していない、ということだった。全部が死んで、あとはそっくり全体で腐っていくのをゆっくり待っているだけ、と思っていたこの巨大な鉄の怪物死体の一部に微《かす》かな脈動を感じたような気がした。久しぶりに頰こけは自分の気持ちが高まっていくのを感じた。

その装置は全体を油圧で、細部は簡単なリンク機構とねじり振動装置で動かすようになっていた。動く道の基盤になる二枚の板も軽い硬質アルミ合金だったので、可動部の主なところに油をさしていくと、端にある簡易点検用のクランクを左右に動かすだけで二枚の巨大な板はきしきしいいながらもちゃんと動くのを発見したのだった。主なメカニズムの心臓部分にあたる軸受けや変速機が機械油の密閉ボックスに守られていたのが腐蝕《ふしょく》や硬直を防いでいたのだろう、と頬こけは解釈した。

「揺れる人生道路」と名づけられていたその装置の表面になっていたプラスチックカバーをそっくり剥ぐと、二枚の互いに別方向に動くアルミ板が現れた。いままで見落としていたけれど、このアルミ板をすっかり剥げばかなりの金になりそうだった。しかし頬こけはそのときは別のことを考えていた。

二枚の大きな板は全体を軽くするためと、いろいろな方向に揺らすために沢山の丸や四角い穴があいていた。クランクを動かすと、上の板にある穴と下の板にある穴が不規則に動く。そのためにこの短い道、というより舞台みたいなものが予測できない方向に怪しく揺れていたのだが、少しだけなら手動のメンテナンス装置で動かすことができるのを知った。頬こけはそれを別のことに利用できるのではないか、と考えはじめていた。

クランクの可動部分にたっぷり油をさし、さらに手動で動かしていると、目の前のアルミの道には上の板と下の板の動きのズレによって沢山の穴がいろいろな大きさに開いたり閉じたりするのが見えた。最後にクランクの位置を調整すると上の板と下の板がぴったり重なり、一枚の板としか見えなくなる。

カエル色の間抜けなクルマがやってきてから、頽こけは廃棄遊園地の自分の場所にずっと隠れているようになった。数日おきに黄昏時《たそがれ》に運河道路沿いにある生協ストアで食料や水や酒などを調達してくる。長くカクレガにしているうちに自然に蓄積された保存食料がそのほかにもいろいろあったから、そこで籠城するのもさしたる問題はなかった。

　すると面白い出来事がいろいろ目の前でおきるようになった。腐蝕しつつある鉄の円形劇場さながらだった。

最初に、知った奴が現れた。そいつはまだ梅雨のはじめの頃にこの廃棄遊園地に、例の何の目的でやってきたのかわからない面倒くさい男だった。居つかれるのを防ぐために、そいつにわざと接近し、束の間親しくなった男だった。

頽こけと同じぐらいの歳恰好《かっこう》で、しばらくそいつと時間を過ごし、結局そいつを都合よく騙《だま》していく、という成り行きになり、最後はそいつに故買屋の親爺《おやじ》の死体をくれてやった。故買屋の親爺の持っていたダッジのピックアップトラックつき、という豪勢なプレゼントだった。

そいつがまたここにやってきたのだった。ということはあのカエル色のマンガみたいなクルマでここにやってきた誰かの一人があいつだったのだ。

あのあといろいろ新聞などで調べていたが、あいつが事故で死んだのかどうか、いまだに確認できていなかった。そうして奴はしぶとくまだ生きていてここに帰ってきたのだ。ときおりどうしても必要な用事があって出かけてはいたが夜には必ずこの落ちつける場所に隠れていてよかった。頬こけは自分の勘に改めて感謝した。

まだ夕刻とはいえない時間だった。そいつが頬こけの見ている前で、やっぱりそいつと同じぐらい間抜けな遊具「コーヒーカップ」の斜面に登っていって、頬こけが壊して開けたままの穴のひとつに抱えてきたバッグを入れるのを見届けた。何が入っているバッグかその段階ではまだ確定できなかったが、頬こけは、これから重大なことが起きる予感に全身を興奮させていた。

そいつが去っていったあとクラクラするくらいの興奮を抑えながら頬こけはコーヒーカップの斜面を素早くのぼり、そいつが穴に入れていったバッグの中を調べてみると、思いがけないくらいの札束がごっそり入っているのを発見した。なんとごっそりだ。

どうするか、頬こけは考えた。そのままこのカクレガに持ってきてしまうのは簡単なことだったが、奴の今の様子からはどうもすぐにここに戻ってきてしまいそうな気がした。

その段階で自分のものが盗まれてしまったことを知ったら、それを奪った犯人は時間経過からいって必ずこの遊園地の中に隠れている、というふうに考えるだろうから大変な騒ぎになるのは目に見えている。

それなりの勇気や決断を必要としたが、頬こけはさらにしばらくそのまま様子を見ることにした。奴もしくはそのことを知っている誰かがやってきてあのバッグを持っていこうとしたら、そいつを殺してでも奪いとるしかない、ということも一瞬のうちに決めていた。

頬こけの勘は再びあたって、さっきの奴が間もなく戻ってきて、またあのコーヒーカップ盤の穴にのぼった。

頬こけはその住処に用意してある鋼鉄棒を摑《つか》み、いつでもそこに行ける準備をした。けれど、そいつはさっき隠したバッグをそっくり持ち出すことはせず、金の一部を取り出しているように見えた。頬こけは緊迫した気分でそのあとの展開を待っていたが、そいつはバッグを残し、あたふたとまた去っていった。忙しい野郎だった。

それから運河の河原のほうで何かちょっとした騒動がおきているようだったが、頬こけはその場を動かなかった。

真夜中前に頬こけはコーヒーカップにまた登っていって、さっきのふくらんだバッグをそっくり抱えて頬こけのカクレガに持ちかえった。頬こけはバッグを抱え、そのなかをのぞいて札の束を何度も握り、声をださずに喜びの唸《うな》り声をあげた。

それからほんの三〇分ほどして再びあの男がやってきてコーヒーカップの斜面を登り、

見ていて笑ってしまうほどの狼狽《ろうばい》ぶりと困惑ぶりをみせ、それから廃棄遊園地の闇の中をあちこち走り回るようにして失ったものを捜していたが、やがて何かを決心したように外に出ていった。どういうわけかそのあいだ野良猫たちは一匹も騒がなかった。

そこはまったく腐りかかった円形劇場のようだった。暫《しばら》くするとまたあたらしい男が姿を現した。そいつは初めて見る奴だったが、さっきの間抜け野郎と同じ匂いがした。やつらはなんらかの関係がある。味方同士なのか敵対しているのかまではわからなかったが、互いにどうにもろくでもないことでつながっているのは間違いないように思えた。

そいつには陰気な殺気があった。鼻曲げの狂気からくる殺気ともちょっと違う。

そいつは誰かを探しているような顔でこの円形劇場をひとわたり眺め回し、用心しながら一歩一歩なかに入ってきた。方向からいって頬こけの隠れているほうに近づいてきている、というわけだ。頬こけは用心しつつ、考え、迷っていた。

新手の訪問者から伝わってくるのは猫なみの用心深さとハイエナとかコヨーテみたいな、追い詰められたときの獰猛《どうもう》さを内包して、この中に誰か自分以外の人間がいる、ということを早くも察知しているようだった。

ここはいたずらに敵対するときではない、と頬こけは判断した。たいして確信はない判断だが、対応を誤るとそいつは頬こけにとってえらく危険な存在になるような予感がしたのだ。なんだかわからないけれど明確な目的を持った奴とは会いたくなかったが、ここは早めに対応しておくことだ、という勘が体のうちでざわめいていた。だから頰こけは気持ちを固めた。

「おーい、あんた、どこから来たね」

頰こけはH型鋼の横についているやや斜めになった鉄板階段を降りながら意識して明るい声で言った。そいつを怯《おび》えさせる理由はいまのところ何もなかった。要はそいつが頰こけに利用できる奴かそうでないかを知ることだった。

「どこか遠くから来たんですか?」

頰こけは聞いた。そうしてH型鋼の一番下の少し斜めになったところで立ち止まった。

「友人を探しているんですよ」

頰こけのほうにさらに接近しながらそいつは言った。頰こけは、なんとなく予測していた修羅場のためにいつもH型鋼の背後に鉄道の枕木ボルトでも引き抜けるような巨大なバールを忍ばせてある。H型鋼に寄り添いながら左手でそいつがちゃんとあるか確めた。

訪れた男の頰の横から首筋にかけてかなり深かったのだろうと思える大きな傷跡があるのを頰こけは素早く観察した。いかにもまともな傷ではない。

「どんな様子の人ですか?」

そいつはすぐには頰こけの問いには答えず、その位置から油断のない目で頰こけのいるあたりとその背後の様子を窺っていた。

「わたし夕方頃からここにずっと居たのですが、何人か人がやってきましたよ」

「どんな人たちでしたか。特徴を教えてくれませんか？」

傷のある男はやっとストレートに反応した。気味の悪いくらい丁寧な口調だ。

「ああ、それなら、ついいましがた来た人がわたしにメモを渡していきました。あとで三〇代くらいの男がきたら渡してくれませんか、と」

頬こけは咄嗟《とっさ》についたそんなデタラメのために瞬間的な賭のような気分でズボンのポケットに手をいれた。うまくいった。なにかの小さな紙に手が触れた。取り出すまでそれがなんの紙なのかわからないが、とりあえずここまで自然の状態が進んだらもうなんでもいい、という気分になっていた。左手がH型鋼の陰のバールに触れる。同時にもう片方の手でポケットから出したその紙をちょっと空中にかかげた。

ごく自然に人探しの男が頬こけに近づいてきた。頬こけとその男のあいだには、むかしの揺れる道があったがいまは硬質アルミの硬い道になっている。男が数歩歩いてきたのを確認した。H型鋼の脇に設置してある「揺れる道」のメンテナンス用のクランクがあり、頬こけは素早くそれを数度左右に動かした。ちゃんと今も作動するかどうかはわからなかった。

上の硬質アルミ板が動き、その下の硬質アルミ板とのあいだにいろんな穴の隙間が微妙なスピードで変化するのがよく見えた。頬こけの持っている小さな紙のメモに気をとられた数秒の隙で、訪問者の片足が靴ごと穴の中に落ちた。履いているスニーカーの踵《かかと》までがっちり捕らえられたのを確認して頬こけはクランク操作を止めた。

左足を道路に「食われた」かたちになって、訪問者は最初、何がおきたのかよくわからないような顔をしていた。それから下を向き、自分の足元を見た。それでも何がおきたのかわからないようだった。わからないままにもう一方の手をつかってそれを引き抜こうとしている。でも効果はなかった。

「なんのつもりなんだ」

訪問者は改めて言った。はじめて強烈な怒りがその目を光らせていた。

「お前、大量のエベナを持っているだろう。それはどこにある？」

「知るか」

男は少し腰を落とし、その周辺を手だけで探っていた。なにか武器になるようなものを探しているようだった。

「この機械はお前の足をだんだん食いちぎる。早いとこもっときつくしようか」

「気がふれてるんだな」

「おまえらだってそうだろう。大体の情報はつかんでいるんだ」

頬こけはクランクをさらに動かした。男は絶叫をあげた。どうやらそいつの履いているスニーカーの厚地のどこかが金属と金属の妥協のない圧迫でいきなり切れたようだった。それから腹のあたりから絞り出したような絶叫がおきた。もしかしたらそれでいま男の踵が潰れたのかもしれなかった。

「お、おまえ、やめろ、おまえ」

訪問者は信じられない、という顔になって叫んでいた。

「足を、足を潰すな、おまえ。おれの足を潰すな。おまえ、やめろ、止めろ！」

「おれの聞いていることに答えてくれたらな。そうしたらやめるよ」

どういう生体の循環になっているのか、きつく挟まれているのは踵のほうだというのにスニーカーの底がそっくりはがれてしまったらしく、破れた男の足の先端のほうからいきなり血が噴き出してきた。蛇口をひらいたホースの先から噴き出してくるようにだ。悲鳴まじりにうるさく叫びはじめたそいつを静かにさせるために、頬こけはH型鋼の背後に隠したバールを摑んでそいつにゆっくり近づいていった。

オリーブ

オリーブがおれの背中ごしに斜めに手を伸ばして、半分がた勢いをなくしてきたおれのものにまた触れてきた。手足の長い女でないとできないわざだ。ほんの数分前までそいつの、まるで電気仕掛けかなにかのようにあつくてどろどろになったブラックホールのような中で、これからどうしていいか行き先を失っていたものが、いきなりするりと緊迫から解放されて休息を得たばかりだというのに、楽器を弾くみたいなオリーブのリズムのいい片手の収縮運動でおれは早くも少しずつ律儀に反応してきているのを、自分でもいくらか呆《あき》れた気分でなすがままにさせていた。だけど、そのままでいると、またすぐにおれたちは不思議に細長いベッドの上で互いに必死に腰だの手だのふくらはぎなんかまでも動員させて闘う軟体動物のようになる。おれはベッドサイドテーブルの、何かほかの用途で使っていたとしか思えない半円形の天板から水の入ったペットボトルをとって、一息に半分ぐらい飲んだ。でもベッドサイドテーブルの天板が本当に半円形であるのかどうかはそのときのおれには正確にはわからなかった。ちょっと前にウイスキーと一緒に飲んだ二回めのエベナが効きはじめているのを感じていたからだ。エベナは久しぶりだった。こいつを二錠噛《か》んで強い酒をやると最初の頃は視覚のなかのすべての直線がたわんで見える。それがエベナの挨拶だった。

「だけどまだあいつがどこに行ったのか、という肝心な話は聞いていないぞ」

おれは口のまわりにだらしなく零《こぼ》れた水を手の甲で拭いながら横を向いたままの姿勢で言った。あのくらいの水を口から零してしまうのはやはり体の表面神経のどこかがめくれるかなにかして普通の運動神経ではなくなっているからだろう。それでもってエベナはこの弛緩《しかん》時期をすぎてから急に神経が鋭敏になるのだった。

「どっちのあいつよ」

オリーブはかったるそうに言った。

「こぐれという奴《やつ》――いや、頽こけとも呼ばれている奴だ。おれはいま必死にあいつを探しているんだよ。さっきからそう言っているだろう」

オリーブは意味ありげに少しの時間沈黙し、おれのものをもっと勢いづかせようとしていた。けれどエベナの弛緩時期に入っているから、せいぜいそのくらいが限度だ。オリーブの呼吸間隔がいくらか短くなっている。だから言う言葉が少し苦しそうだ。

「なんであのお化け遊園地をもっとくまなく探さなかったのよ。奴はあそこにいるに決まっているって、言ったでしょう。あいつはあのバケモノ遊園地の間抜けな観覧車がまだギシギシいって回っていた頃からあそこに住み着いていたんだから」

「暗かったんだ。ライトもなかったし。でもよく探した。あの日はもうひとりほかの土地から――といってもおれと同じところからだったけど――そこから来た奴も、おれがいく少し前にあそこに侵入したんだ。だから結果的に探していたのは二人だ」

「そのもうひとりの人はどうしたの？」

「そいつも見つけられなかった」

オリーブはそこでいきなり笑いだした。横向きになったおれの肩や腹のへんまで平手でバチバチ叩《たた》き、全身をふるわせるようにして笑った。

で、おれは急速に不快になりつつあった。

「あんたは本当にバカそのものだわ」

そうはっきり言われるとむしゃくしゃするが、女の話のこまかいところまで聞いておきたかったので、おれは丸い天板の上にもう一度手をのばし、煙草《たばこ》をとった。すかさずオリーブがその中の一本を引き抜き、自分のライターでまず自分の煙草に火をつけた。それから少しゆらゆら揺れている手でおれの煙草にも火をつけた。

「二人とも隠れててさ、それでじっとあんたの動きを見ていたんだよ。いつまでも間抜けなあんたの動きを見つめていたのよ。やつらはあんたよりずっと上さ。闇夜の森のかしこい動物みたいに」

「なんのために？」

「あんたがなにをするためにそこに入ってきたか見たかったんでしょ。あんたにも目や耳や鼻もあるというのにあんたの探している二人の人間の無理やりおし殺した呼吸だの汗の臭いだのがわからなかったの」

おれはあそこに金を取り戻しに入っていったことはまだオリーブには言ってなかった。でも彼女にはこの部屋に入る前に適当に数えた一〇万円ほどをわたしていた。だからオリーブはおれや頬こけたちがもうすこしボリュウムのある金を巡ってかくれんぼうごっこをしているのを薄々感じているようだった。

「おれがまず聞きたいのは奴があそこのどのあたりをねぐらにしているか、だよ。知っているんだろう」

「知っていたらどうなるの」

「もっとあんたに金をわたす。うまくいったらの話だけど」

偶然だけど、そのあと吐いたおれの煙草の煙とオリーブの吐いた煙草の煙が空中でまじりあうのがはっきりわかった。おれたちはいつのまにか仰向《あおむ》けになっていた。

階下から音楽が聞こえていて、静かな曲だったけれど静かなのはいまのうちだけだ、とオリーブは言った。

「あれはチゴイネルワイゼンだったっけ」

「階下の隠居親父が夜になると飽きずにたいていかけるのよ」

オリーブはもう一度盛大に煙草の煙を吐きながら言った。下から聞こえてくる音の掠《かす》れ具合がむかしのレコード盤のようにも思えたが、いまどきよほどのマニアでないとそんな装置は持っていないだろう。

「下の親父は何をやっていた人なんだ」

「あまり話したことないけどね。こんな安アパートに住んでいるんだからどうせろくな仕事じゃないわよ。金貸しとかさ」

「金貸しがチゴイネルワイゼンを聴くのかね」

「聴いたらおかしい？」

「いや。そうじゃないけどさ」


あのあと、おれはできるだけ濃い闇を選んで走り屋の入っていったとおぼしき、木にトタンをうちつけて作ってあるガラクタ看板による一時的な封鎖出入口の隙間から暗くてでかすぎる沈黙の中に入っていった。中の様子は巨大な黒の濃淡になっていて全体の輪郭がわかった。このすぐ近くを流れる川面《かわも》がいつも明るく光っているように見えたから、その反射光かなにかで、この半分腐ったような、でもまだ金属の、巨大装置の中に入り込んできて、それがまた白いものに互いに僅かずつ反射して全体を茫洋《ぼうよう》とした闇にしているのかもしれない。

おれはヒゲトシの軽トラからひっぱりだしてきたスコップを両手で握り、できるだけ気配を消して内側に入りこんでいった。地虫のたぐいだろうか、いっとき沈黙していた小さな虫の鳴く音が闇の格別濃いようなところから聞こえてくるような気がした。ときどきたちどまり、しばらくあたりを観察した。

こういうときは最初の出会いの呼吸が大事だ。ちょっとでもびびったら相手が俄然《がぜん》優位になる。そういう精神の対応訓練を意識しながら、やはりおれは回転するコーヒーカップの穴の中に隠した金の回収に気を急《せ》かせていた。頬こけの居場所をつきとめたいが、その前にこのわけのわからない場所から一刻も早くおれの金を回収することだ、とおれの神経の真ん中あたりがさっきからそう急かせていた。おれはずっとなんであんな様子のよくわからないところに無造作におれの大金を置いてきてしまったのだろうか、ということを悔やみ続けていた。オリーブに言ったらおれの存在すら認められないくらいの幼稚な行動だとののしったことだろう。

少々傾斜のきつい回転コーヒーカップ台の斜面を見上げ、一番下の、もとはそこもコーヒーカップが取り付けられていた筈のカラの穴の中にスコップを突っ込んで両手を使えるようにした。

周囲に注意を払いながらかなり角度にむらのあるいいかげんな斜面を登っていった。めあての穴の見当はついていた。穴の中のバッグを回収し、おれはもうそれで今日のところはいい、という気分になっていた。

最初にそこときめていた穴のなかにおれのバッグはなかった。ここに隠してさして時間が経《た》っているわけではないが、穴を間違えたようだ。でも左側の穴はあいているが右側にはちゃんとコーヒーカップがまだ残っていた。記憶していた位置として間違える筈《はず》はなかった。念のためにいったん斜面の高いところにあがって、数時間前にやったように、視角を変えて穴の位置を確認した。

そうやっても目的の穴はかわらなかった。焦る気持ちがじわじわ募ってきて、額や首のあたりに汗が滲《にじ》んできた。

もう一度めあての穴をすみずみまで探った。もしかすると穴の中は空洞で、下のほうにバッグごと落ちてしまったのかもしれない、などと思いライターの火で改めて探ったが、コーヒーカップを回転させるシャフトや歯車などがくまなくはりつめていて、あれだけの容積のものが滑って落ちる隙間はまるでないことがわかった。おれは逆上しつつあった。這《は》い回るようにそのほかの穴も全部覗《のぞ》いた。汗が額から目にまで流れ、おれは否応《いやおう》なく最悪の事態を思うしかなかった。大金の入ったバッグは盗《と》られてしまったのだ。おれがここにあのバッグを隠すところを見ていた奴がいたのだ。それは頬こけ以外に考えられなかった。

おれは何か大きな声で叫びたいような気分になったが、それはまったく意味がないことだ、と自分に言いきかせ、とりあえずコーヒーカップの回転斜面を降りた。さっき下の穴に差し込んでおいたスコップを探したがそれもわからなくなっていた。おとぎ話に出てくる魔法の穴みたいなことを連想しながら「スコップはもういい」とおれはまた自分のなかに呟《つぶや》いた。事態はずんずん予想もしない最悪の方向にむかっているようだった。おれは足早に廃棄遊園地のガラクタ看板を代用した出入口から出て、なかよりも少し明るい運河沿いの闇を見回した。

走り屋のカエルのクルマをとめてある場所は遠い運河沿いの街灯からのシルエットですぐにわかった。そこまで泳ぐようにして走った。運転席のドアをあけてキイを抜き、焦る思いで後部トランクに回った。今は一刻も早くトランクの中を確認することだった。

このトランクの中に、殺されている走り屋が入っている情景が頭の隅を走った。無茶苦茶な奴らばかりだからそういう目にあわされていても不思議はなかった。ましてや走り屋が侵入した場所にいる頰こけはモータースの老人の死体をうまい芝居をうってトラックでおれによその町まで運ばせた恐ろしくずる賢い奴だ。走り屋の死体をみつけたらどうするか。おれはそのあとのことを考える余裕もなくトランクの引き手を摑《つか》んだ。鍵はかかっていなかった。そしてそこは大きくて間抜けな動物のケツみたいにからっぽだった。何も入っていなかった。走り屋もいなかったし、走り屋の金もなかった。

暑くなってきた、と言ってオリーブは細長いベッドからおりて西側のカーテンをあけに行った。いまどき珍しい木枠のガラス戸が対になっている。ひとつの戸に六枚のガラスが使われていて、一番上の二枚は素通しだった。素通しのガラスのむこうに四、五階はありそうなてっぺんのとんがった建物のシルエットが見える。今は廃業しちゃったけれど、むかし余分な金だけあって脳ミソも世の中を見る目もなかった奴がそこに「海の見える結婚式場」というのを作ったのだという。とんがった屋根はインチキチャペルの残骸らしい。

「そんな奴が一時期、この海岸前の町にいろいろやってきたのよ。みんな落ちぶれてしまったけど、その中の一人があぁして毎晩チゴイネルワイゼンなんかを聴いているわけ」

いかにも安っぽいプリント模様のカーテンは三〇年ぐらいそこにぶらさがっているようで、オリーブが刺激するとそこにたたみこまれている昭和の匂いがたちまち部屋の中を踊り舞うような気がした。

背伸びをして引っ掛かったカーテンのリングを直しているオリーブは後ろから見るとマサイ族のようだった。裸になると引き締まった尻の位置が高く、尻から背中にかけてできているなだらかな窪《くぼ》みがやはりマサイ族だった。マサイ族の女の裸をまだ見たことはないが、それに違いない、と思った。尻の上の窪みが光って見えるのはオリーブの汗だった。尻から背中のまんなかの筋がまっすぐ上に延びていて美しい。

この部屋の暑さは湿気の多さと関係しているように思えた。湿気は海や川の町だから夜になると濃厚になるのかもしれなかった。

階下から聞こえてくるチゴイネルワイゼンはいつのまにかソロに弦楽が加わってオリーブの言っていたように、このしけた安部屋の空気まで蠱惑《こわく》的にふるわせるようになっていた。

そういう変化に弱いのか、ベッドに戻ってきたオリーブがいきなりおれの上にかぶさってきた。長い足を大きくひらき、おれの顔を睨《にら》みつけるようにして、強引に自分の熱いところをおれの上にねじこむようにしてかぶせてきた。エベナの緊迫時間がようやく緩みはじめたらしく、おれはそんな刺激にいきなり怒張した。気がつくとおれの意志とは関係なしにおれのものはずるりとしたオリーブの中に突き刺さっていた。弾力のある丸いマサイ族の尻が狂ったように激しく動き、額や首すじにぷくりとふくらんだ汗をたくさん浮かべながら、オリーブはおれをまだ睨みつけ、いつまでもその激しい動作を続けていた。

オリーブの荒い息づかいが階下から聞こえてくる激しくやるせない音楽のなかにやは

り強引に突き刺さっていくように思えた。そういう時間が続き、エベナの力でなんとかおれは耐えることができたが、やがてオリーブは絶叫し、やっと目をつぶるとおれの上に上半身をそっくりかぶせ、数秒後にひくつきながら果てた。

雌の豹《ひょう》がおれの体の上で死んだように思えた。だからしばらくそのままにしておいた。オリーブの体は熱く、ときおり小さく吐く息から名前は忘れたけれど春に咲く花のような香りがした。

チゴイネルワイゼンはまだ続いていた。本当に金貸しの親父がこんなものをしっとり聴いているとは思えなかった。でも、そういうことはオリーブには言えなかった。おれの胸とか腹の上のマサイ族の女はいまは雌豹になって半分眠っている。もうあと五、六分、このままの姿勢、雌豹にやられた獲物然になっていてやろうと思った。今日はいろんなことにとことん負けた気分だった。

安定した軽い寝息を確認してからおれはゆっくりオリーブをリフトアップするみたいにしておれの体の上からベッドの端に移しかえた。それにしても、不思議に細長いベッドだった。まさか痩せて背の高いオリーブが自分の体に合わせて買ったものとも思えなかった。オリーブは、たぶん、自分の居場所をそんなふうにナーバスに気にする女ではないようだったし。

なんとなく棺桶《かんおけ》のサイズに似ていた。

マットを外すと、そういうものが現れたりしても、この女の場合は不思議ではないような気がした。喉が渇いたので、薄闇のなかで冷蔵庫をあけた。今ほしかったビールが一缶だけあった。プルリングを引いて窓の外の様子を見る。

二階のその部屋の窓からいい角度で隣のコインパーキングが見える。六台入れることができるがまだ二台分のスペースが空いていた。この町は駅近くのコインパーキングでさえいっぱいにならない虚《むな》しい余裕に満ちているのだ。

おれの乗ってきたカエルのクルマはちょっと大きめのシートをかぶって一番奥にさっきと同じ状態で静止していた。

この部屋にオリーブとやってくるすべてのきっかけがそのパーキングだった。あのときおれはカエルのクルマに乗ってこの町で知っている数少ない場所のうち、もっともわかりやすいオリーブの店をめざしたのだ。

そしてかけつけたレストランにはありがたいことに客の姿はなく、少し待っているあいだにゴミ袋を持ったオリーブとうまい具合に会うことができた。

店の閉店まであと一時間あったが、夜になると電車がやってきたときだけ入ってくる客相手の仕事になるが、その客は週末以外殆《ほとん》どいないらしい。

話を聞いてほしい、とおれは性急に言い、そのとき素早くふたつ折りした一〇万円ほどを彼女のエプロンのポケットに入れたのだ。店に客の姿はないが、厨房《ちゅうぼう》にはまだ料理人がいるのに違いない。

オリーブは話のわかる女だった。

そして、おれとかそのまわりの男たちがこの町で何か面倒なことをおこしているらしい、ということをそこそこ察知しているようだった。

「クルマを隠したい」

余計なことは言わずおれは目下急ぐことだけを言った。オリーブは笑い、目と顎を動かし、そこから五〇メートルほど先のわずかに看板の見えるこのコインパーキングを教えてくれた。

「クルマを置くだけでなくクルマそのものを隠したいんだ。なにかこの派手なバカ色の車を覆うシートはないだろうか」

オリーブは目の前のカエル色した間抜けなクルマを見回し、少し考えるしぐさをしてから、とにかく先にそのコインパーキングにクルマを入れておいて。すぐに行くから、と言った。

目立たないようにビルの壁の一番近いところにクルマをとめ、中に乗ったまま次の展開を待った。廃棄遊園地の前からおれがこのクルマに乗って出ていったのを、あのでかい鉄の闇のなかから何人見ていたのだろう。おれがさっきから気になっていたのは、走り屋があそこにいて自分のクルマが持ち去られていくのを見ていたら黙ってなどいないだろう、ということだった。奴のことだ。今頃、この町中、なんらかの手段で走り回り、遠くからでもすぐわかる自分のクルマを見つけてたちまち取り返しにくる筈だった。でもどうしてそういうふうにならないのかわからないのが不安だった。それが奴のクルマのトランクからそっくり金が無くなっていることとどう関係するのだろう。

そんなことを考えているうちにオリーブがたたんであっても大きくて重いクルマのシートを小さな荷物運搬用の台車にのせて持ってきてくれた。灰色の目立たない簡易防水布製でカエルのクルマにはすこしぶかぶかすぎたがそれでも充分役にたつ。

おれはオリーブに心から感謝した。

「ここにこのクルマをおいて、それからどうするの？」

オリーブは半分冗談のような顔をして言った。おれは通りの奥の道路からはすぐ見えないところまでオリーブを誘い、明日暗くなってからこのクルマで町を出ていくことを話した。それについてはもうひとつ知りたいことがあった。この町から少し離れた、できれば隣の町ぐらいのところに自動車修理工場がないか、ということだった。

オリーブは考えるしぐさをし、あまり腕は保証できないけれど気のいい親父がやっている一年中暇な修理工場を教えてくれた。おあつらえむきのようだった。

そこには翌日暗くなってから行きたかった。いましがた、夕方近くにこの駅前のオリーブの店まで誰にも見とがめられないようにやってくるのはそれだけで決死隊のような気分だったのだ。

おれに持っていかれたカエルのクルマを走り屋が必死になって探している気配がない理由を考え続けていた。廃棄遊園地の中で奴は頬こけの得体の知れない巧妙な罠《わな》にはまって奴の金とともにどこかに閉じ込められていたり、あるいはもうとうに殺されてどこか発見の難しそうなところに始末されちまった、ということも充分考えられた。そうなると結局すべての金は頬こけのひとりじめ、ということになる。

「暗くなるまでどうするの?」

なんのあてもなかった。ひとつだけ考えられるのは、このシートで覆ったカエルのクルマの中にもぐって朝まで狭い闇のなかでひっそりしていることだった。そんなことなら、今すぐこの町を出ていっても同じだが、おれはまだ所在のはっきりしていない金にとらわれていた。夜更けにもう一度あの廃棄遊園地にいって、なんとかして奴らの、せめてどちらかの金のカタマリを見つけだす、という執念だ。夜更けならカエルのクルマで近くまでいき、歩いてあそこに接近する、という手があった。

オリーブはそんなおれの考えを見抜いていたようだった。

「あのね。嘘《うそ》みたいに出来すぎた話なんだけど、このパーキングの隣がわたしのアパートなんだ。その二階のゴミバコ部屋よ。そこでビールでも飲んでわたしの仕事が終わるまで待っていたらいい。ピザでも持っていくわ。充分冷えてるかもしれないけれど」

おれの返事を聞かずに鍵の束をほうり投げてよこした。そしておれの後ろの古びた建物を指さした。そのアパートは外階段から二階に直接上がれるようになっていた。

それがどういう流れの変化になるか見当もつかなかったけれど、おれはオリーブにエベナを一錠飲ませた。当然ウイスキーのロックと一緒にだ。おれにはある程度耐性はついていたから二錠飲んで一五分ほどして直線がたわんで見えてきたくらいだったけれど、彼女にはもうその段階で強い効き目があらわれたようだった。

部屋の電気を消したあと、アパートのすぐ外の道路を走るクルマのタイヤの音だけがきわだって聞こえるようになったわ、とあきらかに弛緩した顔で、しかし薄闇のなかでその顔つきとは似合わない睨むような光る目になってそう言った。エベナは人によって微妙に効き目が違うのはわかってきていたが、男と女ではまるっきり異なる刺激反応が現れるようだった。

オリーブはじきにおれの腰にしがみつき、いろんな尖《とが》ったものがぐるぐる回って攻めてくる、と言った。でもバッドトリップではないようで、そういうものがしきりにけしかけているんだ、と嬉《うれ》しそうに言った。さらにおれにしがみつきながら自分の服をどんどん脱いでいってやがて自分の股間に自分の手を差し入れて目玉をもっと大きくした。それから店のなかを歩いていくときのような揺らぐような歩き方でプラスチックの成形加工みたいな浴室のほうに消えた。あの段階からオリーブが眠りにつくまで、いささかの分断はありながらも三時間はたっぷり過剰に興奮したままの夜の時間を過ごしたのだった。

おれはコインパーキングを眺めながら缶ビールを飲みほし、さてどうしたものか、と考えていた。決断がつかないままオリーブが強引に脱がしたおれのシャツとパンツを身につけた。五〇メートルぐらい先の私鉄駅の屋根に古典的な円形時計が載っていて、午前零時を少しすぎたところに針があった。

おれはエベナの入った箱をかかえ、それぞれ勝手な方向をむいた自分のスニーカーを足指だけ動かして揃《そろ》え、注意深く履いた。軋《きし》む音がしないようにドアを閉め、コインパーキングの隅っこの間抜けなクルマにむかった。

おれの思っていたとおり、こぐれ——もしくは頬こけという名のあいつはあのオリーブの部屋にかなりの月日もぐり込んでいた、という話をその日、オリーブの口から聞き、いくつかの予想があたっていたことを確認した。

オリーブは頬こけをいい奴とも嫌な奴とも言わなかった。ただし奴はもうどんなことがあってもここには絶対来ない、と念をおすようにして言ったが、あいつがおれを用心深くマークしている今、オリーブの言う「絶対」はあまり信じられない気がした。とはいえ、オリーブとおれが我を無くしていたあの数時間、奴がおれを襲う時間はいっぱいあったのだ。そうしなかったところがわからないもうひとつのことだった。

おとなしく外でおれを待ち伏せしている、ということもいくらか考えられた。金がもし奴のものになっていたとしても大量のエベナのためには奴はいまどんなことをしてもおかしくない筈だった。

神経がひりつくような用心をして不恰好《ぶかっこう》な袋をかぶったみたいなカエルのクルマに接近していった。奴が襲ってくるなら、今はその場所しかありえないような気がした。

けれど、あっけないほど人の気配はなかった。二度ほど速いスピードですぐ前の道路をクルマが走っていったが、どれも無関係のようだった。頬こけと闘うためにもスコップにかわる威力のある武器が必要な気がした。しかし今はぶかぶかにカエルのクルマを覆った布をいちどきに剝いでしまうことだった。勝負！　という緊迫感があったが、やはり誰もいなかった。

おれはメーターに出ていた分だけパーキング料金を投入し、助手席のシートの下にエベナの入った箱を押し込んだ。

エンジンをかけ、左右をよく見て道路に出た。夕方からウイスキーを飲み、少し前まで缶ビールを飲んでいたのだ。こんな退屈な田舎《いなか》の町だから夜更けに走る見慣れないナンバーの、ひどく間抜けな色のクルマならパトカーはすぐに興味を持つだろう。

もう何度も行った河口にむかう道路を慎重に走った。途中の分岐点にガソリンスタンドとそれに併設したコンビニがある。さっきまでそこで懐中電灯を買っていくつもりだったのだが、走りながら考え直し、そういうものを持っていくことはやめた。闇のなかにまだ奴らがいたとしたら恰好の目印になってしまう。

途中しばらく走ることになる産業道路は夜中でも大型トラックとまだ沢山すれちがう。なぜか気持ちが安定し、それがありがたかった。

途中から上流にむかう運河沿いの道に入った。こんな時間になるとそのあたりにはもう人の姿はみあたらなかった。おれは運河沿いに続いている疎林に車体の半分ほどが隠れ、あたりよりとりわけ暗くなっている場所をみつけてそこにバックしてクルマを入れた。

廃棄遊園地はだいぶ遠くに見えたができるだけ疎林に沿って接近していった。水鳥が飛沫《しぶき》とともに羽ばたいてクルクルと低く鳴いているのが聞こえる。

疎林の奥からいきなり激しいいくつもの息づかいが重なって聞こえ、大地からなにかが駆け上がってくるような音がした。土地のほじくれる臭いがふいに濃厚に流れ、激しい息づかいは急速に接近してきた。

疎林と河川広場のあいだにある小さな溝を豪快に跳ねあがって飛んできたのは大きな犬だった。それに続いてさらに数匹の犬が溝を飛び越え、川岸のほうに走っていった。野犬の群れは全部で一四、五頭もいたようだった。

おれは溝のそばに座りこみ、気配を消してしばらくそのままでいた。夜になるとここらは野犬たちも危険な存在になるようだった。

普通の神経だったら、オリーブが言うようにそこはまったくバケモノ遊園地のようにしか見えないだろう。先端部分に見えるいくつもの突起が中途半端に壊れたむかしのメリーゴーラウンドだということは、オリーブから聞くまで気がつかなかった。一〇分ほど歩いて廃棄遊園地はようやく見慣れたいつものスケールになった。人や動物の気配はそこからではまったく感じられない。

少し歩くペースを落としてさらに接近していった。遠くでパトカーのサイレンの音が聞こえているが、ここことは関係ないようだ。

あたりの様子はまったく変わらないままに例の壊れた板看板の扉の端まできた。できるだけ音をたてないようにして中に入る。入る瞬間に外側を見ておいた。闇の中、運河沿いの街灯によってシルエットになっているような不審なものはないか。

これだけ何度も侵入すると、すぐに動かず、闇に目が慣れるのを待ったほうがいい、という判断が働く。同時にそれはこちらが中の様子を窺《うかが》う時間だ。今度は走り出てくる野良猫の気配はなかった。

廃棄遊園地の外郭は夜の闇よりももっと黒く、そのなかのいくつかはじっと見ているとじわじわ勝手に膨張してくるように見えた。

音のない闇はそれだけで攻撃的だった。はっきりした根拠もなく圧倒されそうになりながらおれは五分ほど我慢してそこに静止していた。エベナの効果もあったのか気持ちは落ちつき知らぬ間に目が慣れてきているのに気がついた。少しずつ平らなところを選んで中央のわりあい障害物のない方向に進んでいった。

闇の中、少し高いところにいきなり人の気配を感じた。音でもなく臭いでもなく空気の動きでもなかった。でもなにかの存在をそのあたりで感じた。もしかするとおれはどうってことのないものにおじけづいているのかもしれない、と、息をつめ、さらに気持ちを落ちつかせるようにした。でも闇の塊はじっくり確実におれの前で大きくなり、おれはそれに血と死の臭いを感じた。この圧倒的な黒い沈黙のなかで誰かが確実に死んだのだ。

頬こけなのだろうか。あるいはおれとここまで一緒にやってきた走り屋なのだろうか。おれはゆっくりあとずさった。背後にも別な恐怖を感じながら、何かにつまずいて倒れないように全身の神経を体の前と後ろに集中させて、さらにあとずさっていった。

おれはそのまま町の方向にクルマをむけた。少し迷ったがオリーブのところにも、オリーブに教えてもらった自動車修理工場にも寄らずに走りすぎた。もうオリーブも自動車修理工も深く寝入っている時間だった。

走り屋があのカエルのクルマのトランクの中の金と引き換えに頬こけによって殺された、というイメージは廃棄遊園地の息を殺したような濃厚な闇の中でさらに強烈に膨れつつあった。おれがコーヒーカップの穴の中に無造作に突っ込んだスコップで、手袋をして叩きまくり、走り屋を殺せば、スコップからはおれとヒゲトシの指紋がいっぱい出てくるだろう。そうやって死体とその証拠を放置しておけばおれやヒゲトシにとってこれからいろいろ面倒なことになる。けれどそれによってヒゲトシのセンから頬こけ自身にも説明に厄介な波及がある筈だ。

殺した走り屋を運河にもっていって流してしまう、という手もあるだろう。先程の野犬の群れが運河にむかって疾走していく風景が頭にキリキリ浮かんでくる。

とにかく今はあのろくでもない町から一刻も早く離れていくことだった。

おれはズボンのポケットを上から触ってまだ五〇万円ほどあることを確認した。いまはおれが知っている「ついこのあいだまでの」町に戻ることだった。戻ればまた別の危険はあるだろうがそれですぐに何かがどうなる、というものでもないだろう、と思った。そしてその町以外、いま、おれの帰っていけるところはなかった。

赤の点滅信号があって、そこからは有料道路になる。無人ゲートシステムの機械の女の声が料金を告げていた。とりあえず一〇〇円玉を三つ放り込めばバーがあく。

サンドイッチ

カエル色のまぬけに目立ちまくりのクルマだったけれど、夜ならばそんなに人目につくこともない。エンジンの調子はいいようだったし、ガソリンもまだ半分がた残っている。

ニュースを聞きたかったのでラジオのスイッチをいれた。いきなりカン高い女の笑い声がしておれの背中がむず痒《がゆ》くなる。かぶさるように早口の軽薄そうな声の男がいままで流していた曲のタイトルを繰り返していた。それからその曲の背景みたいなものを話しはじめた。「スリーファンク」とか「ハンギングツリー」とかそういうやつだ。巻き舌の、おれ、英語をかなり喋《しゃべ》り慣れてんだぞ、というそいつの声に唾をかけてやった。さして意味はないけどチューナーの光っているところにだ。おれは聞けなかったけれど、いましがたやっていた曲は一九五〇年代のスーパーカントリーだったらしい。カントリーウエスタンなら知っているけれどスーパーカントリーってなんなんだ。

まだこの時間は対向車がかなりやってくる。有料自動車道といっても基本はそれぞれ一車線の対面通行だ。ときどき追い抜き用、もしくは大型車の登坂用車線として片側二車線になる。後ろからアップライトにしてモーレツな速さでやってくるガキグルマは、そういう車線にくるとすぐに抜かせてやった。おれはそんなに急ぐ必要はなかった。

早口の巻き舌男の口調は一〇分も聞いているとラジオそのものを壊したくなりそうだったので、放送局をどんどん替える。どういうわけかこの時間は同じように男と女が交互に喋り、ときどき音楽を流す、というのが多いようだった。時間のタイミングが悪かったようでどこもニュースはやっていない。とくにニュースに何か求めていたわけでもなかったけれど、ひょっとして川から若い男の死体が見つかった、というようなニュースをやっていないか気になっていた。いや正確にいうと期待していた。このあたりに住む人々の関心がしばらくそっちの方向にむかってくれたほうが気が楽だった。

廃棄遊園地の暗闇のなかのなにかの死の気配がまたおれの背中のあたりをゾワゾワさせる。緩いカーブを繰り返しながら道は着実に高度をあげているようだった。この町にやってくるとき遠くに見える町の灯《ひ》を走り屋と少し感動して眺めていたことを思いだした。あのときはこの緩いカーブを、これとおなじカエルのクルマで降りてきていた。ついこのあいだのことだったけれどおれにはもっと別の季節の遠い記憶のように思えた。

つまらないラジオのボリュウムを下げて、スピードをあげた。山の中の谷間《たにあい》の道に入ると、むこうからくるクルマも、後ろからヘッドライトをギラつかせて追ってくるクルマもいっとき消えた。おれはさっきシャツの胸ポケットに数錠入れておいたエベナを噛《か》み、助手席に放り投げておいたポケット瓶のウイスキーを飲むかどうかしばらく迷った。この先、こんな道路で一斉検問をやっている警官がいたら全員ヘンタイだろう。もしそんな気配があったら、クルマを路肩にとめて道の左右どちらかに逃げて山の中に入ってしまえばいい、と判断した。このクルマにはおれに結びつく証拠となるようなものは何もなかった。

だから片手でポケットウイスキーの蓋をくるくるまわし、蓋だけ助手席に置いてウイスキーを瓶ごと飲んだ。でもウイスキーじゃない別のサケだった。口の中がおかしくなっているのか少しクレゾール液のような匂いがした。アブサンもストレートで飲むとそんな味だったような気がしたが確認しなくてもいい。その小瓶はオリーブの部屋から黙って持ってきたものだった。

強い酒を飲むと、かえって運転が慎重になる。スピードだけは法定速度を守っていくことにした。つまらない飲酒運転程度の罪でおれの今後の人生計画を捨てたくなかった。

それからラジオのボリュウムをまた少しあげてまっすぐの道を走った。記憶ではこのあたりからしばらくは平坦な道が続く。

数日前におれと走り屋が反対方向からやってきたとき、横転炎上していた車の前で顔と髪の毛を半分焼いてしまっていた女のころがり出てきた跡を確かめておきたかったのだが、ラジオ局をあっちこっち替えているときに通過してしまったらしい。記憶のなかの道の風景というのは行きと帰りではまるでちがってしまうものだ。

谷間の道をあと少しで抜けようかというときに背後から赤いライトを点滅させているクルマがかなりの速さで追ってきているのに気がついた。サイレンはまだ聞こえない。パトカーなのか救急車なのか区別がつかなかった。おれはさらにスピードを落とし、ここから先に追い越し用の二車線があるかどうか、について少し考えた。考えてもわかるものではなかった。スピードを落とし、路肩にクルマをとめておくことも考えたが、バックミラーを見ると赤色ライトの点滅はいきなり消えていた。いま来る途中そのあたりにジャンクションとか横道などがあったかどうか考えたが、記憶はなかった。おれは少しだけ困惑し、またさっきぐらいのスピードで走るようにした。エベナのしわざ、ということも頭に浮かんだ。やつを強い酒で飲むとかなり早く効いてくるがここちのいい幻覚とそうでない幻覚とがあった。クレゾールみたいな匂いが口の中にまた蘇《よみがえ》り、バックミラーを見る。おれの眼《め》は、また赤い点滅ランプをチカチカさせたやつが復活して後ろから追ってきているのをなぜか期待していた。

一時間と少し走ったところにある小さなサービスエリアは記憶のままだった。大型トラックが何台かいろんな装飾ライトを消してそれぞれ夜の間抜けな怪物みたいに静止していた。

トイレとカウンターだけの軽食のコーナーとキオスクに毛がはえた程度の物販コーナーがあって、若い女が一人でその両方を担当しているようだった。ここはちゃんと二四時間営業らしい。

公衆電話を探したがカウンターのそのあたりでは見つからなかった。他に客は誰もおらず、さっきクルマの中のラジオでやっていたような音楽がちょっと大きめのボリュウムでそのあたりの空気をかろうじて動かしている。

カウンターにいる若い女のところにいって電話はどこにあるか聞いた。そこからトイレにいく間に自動販売機が並んでいてその途中にあります、と女は言った。ハツカネズミの顔をしていた。間違いなくその女はハツカネズミだった。用心を怠って正体をさらしたままでいたのだ。

「ありがとう。携帯電話がないと不便でね」おれはそう言ったがハツカネズミは表情を変えずに自分の仕事を続けていた。ハツカネズミが笑うとどんな顔になるのか見たかったのだがそれを言うのはやめた。我ながら冷静な判断だった。

ジーンズの尻ポケットからオリーブの店のレシートの裏に書きつけた彼女のアパートの番号に電話した。もう寝ている時間かと思ったがありがたいことにまだ起きていたらしくオリーブはすぐに電話に出た。

「どこにいるの？」

怒っているふうでもなく喜んでいるふうでもなかった。

「まだ言えない」

「ふーん。じゃ、なんで電話してきたの？」オリーブはいましがたまでシャワーをつかって、ついでに髪まで洗って、電話を持っていない手のほうで濡《ぬ》れた髪を拭いているところだ、というのがおれにはわかった。なんでも鋭敏になるエベナのおかげだった。

「こぐれから連絡はなかったか。あんたが頰こけと呼んでいる奴《やつ》だ」

「さあね」

オリーブはいまは髪を乾かすほうが大事な用件だとその言葉で言っていた。

「どんな情報でも金を払うよ。奴と接触できたらちょっとばかりまとまった金をあんたにあげる。これは約束する。奴はおれを探していて、おれは奴を探している。奴の居場所を先に教えてくれたら倍にしてそれを必ず払う」

生きているのかどこかへ逃亡しちまったのか頰こけの所在がどうも気になっていた。奴はエベナの価値を知っている。それは自分の前から消えたおれをしつこく追ってくる可能性がまだいっぱいある、ということだった。

オリーブがタオルからヘアドライヤーに替えたのがわかった。カチリと微細な音がして続いて温風の吹き出てくる音がした。

「明日また店のほうに電話する」

「明日は休みよ。定休日」

そうだったのか。それならここは少し賭けることにした。頰こけはあの店に寄ってなにか情報をつかんでから出てくる筈《はず》だった。そうすると奴がくるのは早くても明後日の夜だ。

「ではあさってにするよ。話は店でもさしつかえないように簡潔にする。それとお礼の金は必ず払う。こぐれの言うことは信用しないほうがいい。おれとの約束の金がパアになるからな」

「しきりに金、カネって言っているけれど、それっていくらぐらいなの？」

「一〇〇万は約束する」

「ふーん」

誰かが彼女の部屋のチャイムを鳴らしたようだった。おれが電話を切るのとオリーブが電話を切るのとどっちが先だったか分からなかった。おれは胸ポケットからエベナを二錠とりだし、自動販売機で買った冷たいコーヒーでそれを胃に流しこんだ。あのチャイムは頰こけだったのか。どんな理由なのかわからないが頰こけは彼女の部屋にもう絶対こないんだ、とオリーブが強い眼をして言っていたのを思いだした。

じゃ、誰なんだろう。まっいいか。とにかくオリーブと連絡がとれて少し落ちついた気分だった。

カウンターの若い娘は自分の油断に気がついたらしく今はハツカネズミから普通の田舎《いなか》娘の顔に戻っていた。おれは軽く手を振ってその向かいにある自動ドアから外に出た。カウンターの娘はおれをまったく見なかったふりをしていた。

クルマのなかで煙草《たばこ》を一本ゆっくり吸って、そのサービスエリアからおれの降りるランプまでの距離と時間を頭にいれた。あのいまわしい海辺の町からおれの降りるランプまでは二時間ほどあって、サービスエリアはほぼその中間で、これからいく目的地のランプまではちょうど一時間ほどの距離にあった。


真夜中だったが、おれは慎重に記憶の道をさぐり、走り屋のカクレガだったところにむかう農道をなんとか捜しあてた。街灯など何もないところなので、誰かに見られたら不審なクルマそのものだったが、おれが予想したとおり、ランプからその農道まで二台の平凡なクルマといきかっただけで歩いている人とは会わなかった。

走り屋のカクレガはこの前きたときと同じように放置された農具小屋という状態で、トタン張りの開き戸は、おれたちがそこを脱出したときと同じように無防備でだらしがなかった。

戸をあけて一番目立つカエルのクルマをバックでいれる。走り屋の居場所にしていたところも数日前に出ていったときと変わっていなかった。農家というのは作物をつくらなくなった荒れ地にはまったく冷淡になるものなんだな、ということを改めて知った。

ライターの灯で走り屋の使っていたテーブルがわりの、高圧線のケーブルが巻いてあったと思われる巨大な糸巻きの上から懐中電灯を見つけた。あのとき走り屋はそれを持っていくかどうか迷っていたものだ。弱々しいあかりだったけれど、それがいまは役にたった。おれたちが出発したときと違っているのは野ウサギもしくは巨大なネズミの糞《ふん》らしいものが沢山散らばっていることで、あとは誰もヒトは侵入していないようだった。もっともこんな場所に侵入したとしてもしかたがないだろうけれど。

最初にやっておくべきことはエベナを箱ごと絶対わからないようなところへしまっておくことだった。スコップが部屋の隅にころがっていたのはこの前ここに来たときに見て知っていた。部屋の隅に乱暴に押し込んであったブルーシートを引っ張りだし、高圧線テーブルの上に置いてあるニッパーで切れ目をつけ、あとは両手で裂いていった。エベナの箱から一〇錠ほどを取り出しジーンズのポケットに入れる。箱にはもともと厚手のビニール袋がかぶせてあったが、その上にブルーシートを二重にしてエベナの箱を包んだ。全体をもっと小さくするためにガムテープが欲しかったがそこまでは都合よくいかなかった。

最後にむかしは作物を入れるのにつかっていたらしいドンゴロスの袋にいれた。こいつを隠すところはこの部屋では限られている。

高圧線のケーブルを巻いてあったらしい巨大な糸巻きみたいなやつを一メートルほど横に移動させた。

いままでそいつが置かれていた場所にスコップで穴を掘る。年代もののグランドシートがもう少しで土と同化しそうにへばっていた。だからその上からでもスコップの一撃でどんどん穴が掘れていった。梱包《こんぽう》がかさばってしまったのでかなり大きな穴が必要だった。埋葬するようにエベナの箱を穴にうめ、慎重に穴のあいていない別のグランドシートと土をかぶせる。それから高圧線の糸巻きみたいなやつをその上に戻したあとは不自然でないようにまわりにさっきあったようなガラクタを置いた。それだけでかなりの汗をかいてしまった。

水を飲んで一休みしたが、時間は急速に進んでいた。この田舎町は殆《ほと》ど寝てしまっている。あのバーも閉まっているだろう。そうでなければ毎日の営業は続かないだろう。おれもヘトヘトだった。

おれはまだその店の名前をちゃんと知らなかった。閉店時間さえも正確には知らない。店のママや走り屋の言っていたことをなんとなく思いだすと、客が帰るまでやっている、と言っていたような気がした。

この界隈《かいわい》の記憶は湿った空気と、あたりいちめんを包む濃厚な夜の闇だけだった。

最初の日は疲労感から殆ど眠っていた。海辺の町をでるときコンビニで買っておいた二種類の売れ残り弁当と一リットル入りの水で殆ど気を失っているような日を過ごしたのだった。

翌日も夜になるまで残った弁当と水でうつらうつらと過ごした。それからできるだけ遅い時間まで粘ってエベナを数錠クレゾールみたいな酒と一緒に喉の奥にほうりこみ、カクレガから外に出た。

唯一そこがバーらしいのを示す旧式のネオン管はまだ同じように壊れて隅っこから放電しており、すっかり湿ってきた夜の闇を気の弱い竜の舌みたいにときおり赤くチリチリと無力になめて吠《ほ》えている。

店は外観としてはまだ何もかわっていないようだった。おれは体ごと押し開けるようにして中に入った。

おれと一緒に夜の闇が濃厚に入り込んだみたいに店のなかは陰気に湿っていた。音楽は鳴っていたが、力のないラテンで、誰かがスピーカーの表面に板でも張ったように全体がくぐもって聞こえた。

カウンターの内側には記憶に濃厚なママがいて、カウンターには背中をむけた客が数人座っていた。まだ店の中の暗さに眼が慣れないので、いつも自分のことを「ああし」と言っていた太った親父が今夜もいるのかまではわからない。人の気配がして背後を振り返るとひとつだけあるボックス席にやはり記憶にはっきりしている大きな顔の女がびっくりしたような顔でおれを見ていた。またその日も酔っているのは同じようだったが見たことのない親父を抱いていた。そこはそうするためのコーナーのようだった。山のなかの弱った動物みたいにその女としっかり抱き合っていたあの太った親父の姿はなく、今はインパラみたいに小さな奴だった。

カウンターの中のママが「まあ」と言っているのが、丸い口紅の輪郭だけが空中に飛び出して浮かび、大きくなったり小さくなったりするので声まで聞かなくてもよくわかった。この人の厚化粧をおれの中のエベナはいつも丁寧にはぎとってくれる。

ママの驚き顔に触発されて、カウンターの前の客が順番に振り返っておれを見ていた。誰も知った顔はなかった。あの元校長という「ああし」の親父も結局来ていなかった。

「いらっしゃい。あはは。びっくりしていらっしゃいと言うのも忘れてしまったわ」

ママが小さく顔を左右にふりながら言った。さすがにもう商売用の顔や声になっている。

「どうしてそんなにびっくりしたんですか？」

おれはカウンターの前のスツールにゆっくり腰掛けながら聞いた。今日はこの店にいるあいだできるだけ明るくいい感じの印象でいる必要があった。

「だってお客さん、急に姿を消してしまったでしょう。最初ここへ見えたのも急だったし、だからわたしたち、どこかまた遠くへ行ってしまったんだと思っていたから……。ウイスキーのストレートでよかったのよね」

おれは頷《うなず》き、カウンターの横にいる他のお客さんにも軽く会釈した。みんなはじめて顔を見る客ばかりだったが、おそらくおれよりもずっと以前からこの店にやってきている常連さんだろう。

おれがこの町から消えたのは、この店の常連である太った老人、あの走り屋の祖父の家で現金盗難事件があった直後だったし、それと関係して姿をくらませたそうとに怪しい奴、という疑いがかけられている可能性が強かった。

もっともあのことがこの町でどれだけの「事件」になっているのか、いまのおれにはわからなかった。あの金の性質や奪われた親父の前歴、この店の女や走り屋の人間関係などで、あのことは公の事件になっていない、という可能性もあった。

おれと走り屋があの海辺の町に逃げたあとも、警察の追及の気配はまるで感じなかった。ここから高速道路でたった二時間程度で直結している町にあれだけ目立つクルマで若い男が二人動き回っているのだから、警察がそういう情報を摑《つか》み、疑いを持たないわけはなかった。

トイレにいくようなそぶりで、ボックス席にいた顔の大きな女がインパラをやさしく一人でソファに座らせると店の奥に入っていくところを眼の端でとらえた。あの女ははたしてどちらに電話したのだろうか。警察なのか走り屋なのか。もっとも走り屋だったらまだ奴が生きていての話だ。これは一種の賭だった。とんでもなくリスクの大きな賭だった。

おれは歩いて農道の先の、少し前にカエルのクルマでもぐりこんだカクレガ、つまりはぶっこわれ納屋に戻った。あのバーに三〇分ほどいたが、警察はやってこなかった。そうしておれはカウンターにいた客たちと、誰が聞いてもどうでもいいようなことを、明るい笑い声で話しつづけ、夜更けに店を出た。

店に入る前に夜の空気はすでに湿気をいっぱい含んで膨満していたが、店をでる頃にはついに水分をためきれなくなったように細かい雨を降らせていた。この町の記憶は夜ばかり。そしていつも雨が降っている。

おれは細かい雨に濡れながら店を出たあとわざと迂回《うかい》して歩き、何度か立ち止まってあとに誰もついてこないのを確かめ、やがて完全に闇にまぎれて走り屋のカクレガに戻った。この前泊まった高速道路の向こうの安ホテルに泊まる選択肢もあった。そのくらいの金もあったし、風呂に入って乾いた布団にも寝たかったが、あと一日か二日の勝負にむけて、まだ全身で緊張している必要があった。

黴《かび》となにかの農薬くさい、おそらく走り屋が使っていたと思われるボロ布団をひっぱりだした。どこまで汚れているかわからないので逆に汚れてしまうのかもしれないが例のテーブルの上にあったタオルで濡れた体をぬぐい、暑いから布団の上にシャツだけで横たわった。それから寝入るまで考えていた。

あの顔の大きな女は首尾よく走り屋に、おれが今夜店に現れたことを電話してくれただろうか。けれど、それは走り屋がまだ生きていたらの話だった。頬こけが走り屋の金を狙って走り屋を殺している可能性は日がたつにつれて大きくなっていた。あいつならそのくらいはやるだろう。そうなると走り屋の携帯電話は頬こけが持っていることになる。頬こけと顔の大きなバーの女がどんな話をしたか、どんな交渉をしたか。二人の交渉は得体のしれないしたたかさを持った頬こけのほうがはるかに有利のように思えた。その一方で頬こけが怖いのは、もし本当に頬こけが走り屋を殺したのであれば、それを女に追及されることだった。あの町の警察にタレこむことは女にもすぐにできる。それをチラつかせて頬こけを脅すことができる。

おれは全身が疲弊していた。体の四肢がそれぞれ端のほうから眠りつつあるのに、エベナに爛《ただ》れた頭の中は壊れつつあるゼンマイのようにまだじわじわ動いているのだった。

汗まみれで目を覚ました。もう朝になっていた。隙間だらけのボロ小屋に外からの鈍いあかりが入ってきている。ナイフみたいな鋭い光の一閃《いっせん》を感じないのは、まだ雨が降っているからのようだった。雨が降り続いていても夜明けはやってくる。おれは湿った布団の上に転がったままいましがたまで見ていたえらくリアルな夢を嫌な気分で反芻《はんすう》していた。

大勢のなにか小さな人間みたいな奴らによって布団巻きにされ坂を転がされていた。これは間違いなく夢だな、とわかっていたけれど、なかなか覚醒しなかった。小さな人間たちはみんなぬらぬらしてそれぞれが熱く、そいつらによっておれまでも熱せられている。だから余分な汗をいっぱいかいているのだ。眼が醒《さ》めたあとに小屋のなかを真剣に見回した。まだ小さな奴らがそこらにいっぱいいるような気がしたからだった。そのときはじめて気がついたのはこの破れ小屋の内側には藁《わら》がたくさん敷きつめられているらしい、ということだった。この湿った暑さのために藁が発酵し、夜中かけておれまで発酵させようとしているようだった。

かきむしりたいほど喉が渇いていた。寝ていた頭のあたりをさぐり、まだ残っている水のボトルを引き寄せて一息に飲んだ。それからゆうべ使ったボロだか雑巾だかわからない腐ったタオルみたいなやつで顔や全身の汗を拭った。雨が昨夜より強くなっているようだった。

煙草を一本吸い、その日のうちにオリーブに電話しなければならない、という重要なことを思いだした。でも何処《どこ》へいけばさして目立たずに電話ができるのかわからなかった。傘もなく町に出ていくのはヘンに目立ちそうでそれはやりたくなかった。なにか目立たないように町に出ていく方法はないかと考えながら、もう少しこのボロ小屋のなかをあさってみることにした。

ここは、と見当をつけたところをいろいろ探してみたがたいしたものはなかった。この走り屋のカクレガと寄り添うように隣接している農機具入れのような小屋は長い風雨にさらされて入り口の戸などあってないようなものだった。誰もいないとはわかっていたが、すいません、すいませんと言いながら中に入っていった。そこは走り屋のカクレガよりももっと有機物の腐敗臭が強く漂っていた。ずっと以前は何かの動物を飼っていたのかもしれない。牛とか豚などだ。わずかに入ってくる外光で小屋の隅に何台かの農耕機械のようなものが置いてあるのが見えた。あの海辺の町の「農工具・特殊重機モータース」の記憶がチラチラ蘇った。どの農機具も放置してだいぶ時を経ているようだった。ありふれたトラクターの運転席のドアは軋《きし》みながらもなんとかあいた。驚いた何かの虫どもが運転席から大慌てで逃げていくのが見えた。運転席の背面に灰色をした、ゴムだか合成素材だか見分けのつかない合羽《かっぱ》がかかっており、フックから簡単にはずれた。上着とズボンが分かれているようで、雨の作業衣としては充分だった。あとは長靴があれば申し分ないが、ほかを捜してもそこまでのサービスはなかった。

おれはカクレガに戻って合羽の上下を着た。少しきついが雨避《よ》けのフードをかぶるとそこらの農夫として充分通用する恰好《かっこう》になったような気がした。

外に出ていく手だてが見つかったとたんに空腹になった。買ってきたコンビニ弁当はとうに食いつくしていた。本当はもっとガツガツ食いたかったのだが、昨夜はママから出されたクラッカーと安物のチーズだけだった。その気になればモノを買う金は潤沢だった。ただしここからはそういうものを食えたり買えたりする店がえらく遠い、というもどかしさがあった。てっとり早いのはカエルのクルマでこの町からさらに先にいってそのあたりで何か食える店を探すことだったが、すぐに行動に移すだけの決断にはいたらなかった。どこかでカエル色のクルマを別の色に塗り替える、という方法も考えたがあれは結構時間がかかり、費用もバカにならないはずで、現実的でないように思った。

結局我慢の続きでそのままじっと世間が動きだす昼の時間まで待機していることにした。オリーブへの電話を早くしたかったが、それは遅い午後で間に合う筈だった。

終わったとばかり思っていた梅雨は最後のオトシマエのように間断なく濃密な煙幕みたいな雨になって降り続き、休田地帯の視界は殆どなかった。おれ以外の人間がみんな死に絶えてしまったことを考え、半分本当のことのような気になり、非常にむなしくなって一人で笑った。

空腹と退屈の限界がきて、おれは上下の合羽を着て農道に出た。おれが走らせてきたカエルのクルマの轍《わだち》に水がたまりしばらくはそのきわを歩くようにしていたけれど、履いていたスニーカーはすぐに冷たくなり靴全体が泥の色にかわった。五メートルほどの先をわりあい大きな蛇が落ちついて横断していった。このあたりにはこんなやつがいっぱいいるのはまちがいないようだった。

信号のあるところまで三〇分ほどかかった。高速道路をくぐる短いトンネルを左に折れるともう少しましな道になり、歩きやすくなるが、同時にクルマの量が増えていき、最終的には昨夜いたバーの前の道をとおることになる。おれは曲がらずにいくことにした。そこはまだしばらく高速道路沿いの農道みたいな道が続いていて、やがて住宅地の道にぶつかる筈だった。頭のなかにいきなり新しい考えが浮かんできた。もっと早く気がつくべきだった。

「まあ、また急にいなくなってしまった、と思っていたら、びっくりだわ。でもよかったわ。元気そうで。タカツカの青年海外農村援助隊に行っていたのね」

おれはこの前と同じように勝手口から入っていった。合羽のフードをとって自分の顔がこの家の高齢の主人によくわかるようにした。おれは少し笑い、疲れているような顔をつくった。認知症というやつなのかおれには区別がよくわからなかったが、数日前のこの高齢婦人の記憶は少しも変わっていないようだった。おれはまさしくその家の遠いむかしの、たしかヒデヒコ君になって、久しぶりにいきなり帰宅したようにしていればよかった。ただしこの家にボランティアなどで出入りしていて本当のヒデヒコ君の顔を知っているような人に会ったらアウトだった。

「まあびしょ濡れでかわいそうに。本当にご苦労様。お風呂で濡れた洋服を脱いで、新しいシャツやズボンもってきてあげますね。そのあいだシャワーをしてらっしゃい」

一〇〇パーセントその老婆の対応を信じていいのか、まだ一抹の不安はあったが、ここまでの流れに不自然なところはなかった筈だ。

生き返る思いとはこのことだった。おれはシャワーの足元を流れていく泥に汚れた湯の行方を追いながら、老婆の頑《かたくな》な思い込みに感謝した。こうならなかった場合の対策は考えてあった。老婆がおれをもう忘れていたら思いきってすぐそばのホテルの裏庭に走るつもりだった。以前あそこから脱出するときに裏のほうにホテルへのさまざまな備品納入口があり、そこに外づけの水道の蛇口があったのを見ていた。あそこで合羽などを洗い、ホテルの内部に侵入していくことまで考えた。ホテルはこの時間、部屋ごとの掃除タイムだろう。どれか一部屋に忍びこめれば電話ができる。けれど相当に危険度は高いだろうからそんなことまでせずにいられて、つくづく老婆の認知症に感謝したかった。

厚い合羽の上下を着ていたのにジーンズまで濡れていた。カクレガを出るとき、必死になってようやく探しだした小さなビニール袋にエベナの数錠をいれておいてよかった。その袋をまだそれほど濡れていないシャツの胸ポケットに移し、半分ぐらい濡れてしまっているジーンズをどうするか素早く考えた。前の例でいうと老婆は濡れたシャツやジーンズはすぐに洗ってしまいそうだ。

これからのことを考えると多少濡れていてもジーンズが必要だった。脱衣場にあったタオルをつかってジーンズの裏表をぬぐい、なんとか少しだけでも水気をとろうとした。それだからシャツもジーンズも結局同じものを着てあとは体温で乾かすことにした。

風呂場から続く台所に顔をだすと老婆はおれの予想したのとはちがって外側からでも濡れているとわかる衣服については何も言わなかった。

「いい気持ちに生き返りました」

おれはさっきとかわらない口調で言った。

「いぬいさんが病院で亡くなったんですよ」老婆はさっきとはだいぶ違う、少し沈んだ声でそのようなことを言った。

「ああ。そうでしたか」

そう答えるのが精一杯だった。いぬいさんがこの老婆とどういう関係にあって、それは男なのか女なのかも知らないのだ。なにか余計なことを言ってもまずいのでそのまま黙っていた。

シャワーをすませると、なにかヒデヒコさんの好きな軽い食い物でも用意されているのではないか、とうまいことを予想していたのだが安易だった。老婆は台所のテーブルの上で何通かの手紙を読むのに夢中になっており、おれは居場所をなくしていた。

この前きたときとは違って目下の老婆の関心は別の大きなものにむいているようだった。いぬいさんという人の死なのか、それ以外の何か心を惑わすものなのか、それをさぐる予備知識も何もないおれには状況を判断することができなくなっていた。

しかたがないのでオリーブへ電話することに集中することにした。おれがヒデヒコのままならば帰ってきた自分の家の電話を使うのだからわざわざそんなふうにことわることもない。腹を決め黙って使うことにした。

電話は台所と居間にひとつずつあった。たぶん親子電話だろう。ありふれた家庭用の白くて平たいやつだ。この前来たときに電話があったかどうかあまり覚えていないのは、電話よりも重要なことに気持ちが奪われていたからだろう。居間の隣の部屋のはめ込み式の仏壇のヒデヒコさんらしい人の写真は変わっておらず、それよりも年配で古い写真の人はこの老婆の旦那さんだった人なのだろう。この前も感じたのだがヒデヒコさんとおれはこの界隈では双子ということになっているらしいが、歳頃《としごろ》こそ同じぐらいではあっても顔つきはまるで違う。あの老婆もおれがヒデヒコさんなのか、その双子のもう一人のほうなのか本当はよくわからなくなっているような気がした。

不安と一緒に急《せ》いた気持ちで電話をかけた。オリーブの店は昼食時をすぎて少し手があいた頃だろう。

数度の呼び出し音でオリーブ本人が出た。おれは用件だけ言うからイエスかノーだけで答えてほしい、と抑えた声で伝えた。オリーブはカンのいい女だった。

「今日、頬こけが店にきたか？」

「ええ」

「おれのことやミドリ色の車のことを聞いたな。どこにいるとか」

「ええ」

「で、なんと答えた？　帰ったとか」

「ええ」

「奴はでかける筈だ。たぶん今日の夜あたり。どんな車ででかけるか、それから奴はクルマの免許証を持っていない。もともとないのか失効したのかわからないけれど。だから誰かに運転させる筈だ。運転してる奴が誰かもさぐってほしい。わかりしだいこの電話に」

おれは卓上電話に書かれている番号を伝えた。「その知らせだけできみにお礼だ。本当に約束は守るから」

「わかりました。今夜の予約ですね」

オリーブの近くにマネージャーか誰かいたのだろう。

「ええ、そうです」

おれは言った。

それからの時間が長かった。いぬいさんという人の死のショックがそうとう大きかったのか、老婆は自分の息子であるはずのおれをあまり意識していない、ということが次第にはっきりしてきた。おれはオリーブから電話がくるまでとにかくずっとこの家にこもっているつもりだったからそれはかえって都合がよかった。

その場合、老婆にあれこれ世話をやかれることが予想された。それがたいへんに憂鬱だった。綻びのないよう、老婆がいつも満足しているよう、いい息子を演じ続けるには相当なエネルギーが必要だろうと見当をつけ、それだけの覚悟をしてきたのだが、老婆は台所の引き出しやタンスなどを開けしめし、なにか探しているようだった。おれがかえってきていることは認識しているのだろうが、ことさらおれをかまう、ということはなかった。やがておれは老婆の意識の刺激にならないように、冷蔵庫や食料の入っていそうな場所から材料を取り出し、残りごはんと味噌汁《みそしる》とうどんの混ざったわけのわからない食い物を作った。老婆とおれは互いに無関心の関係になりつつあった。おれとしてはありがたいことだが、この不安定な関係が何時《いつ》まで続くか、それが心配だった。何かのきっかけで破綻する前にオリーブからの電話がかかってきて欲しかった。長い長い夕刻までの時間に心臓がめくれるような気分になったのは警官がいきなりやってきたときだった。

なんの前触れもなくそいつは玄関の呼び鈴を押した。誰であろうと来客は困るのでおれは素早く台所の奥に隠れた。

やってきたのが警官であることは勝手口のガラス戸がちょっとしたカガミがわりになり、その姿が映ったのですぐにわかった。話しだいではおれはそのまま勝手口から逃げることを考えていた。

老婆とは顔なじみの警官のようだった。

「保健所のみなさん、今日はまだ誰も顔をだしていませんか?」

中年の警官は言った。

「はい、おかげさまで」

老婆が答えた。

「おばあちゃんはお変わりないですね。体の具合とか、必要なものとか。あったら私から保健所のほうに連絡しておきますよ」

「はい、いまのところ、すっかり充分です。とても元気ですよ」

老婆は上品に笑った。

「おばあちゃん、戸締りは気をつけてくださいね。私が行ったらまたさっきまでのように内鍵をかけて下さい。お勝手口も同じですよ」

「はい。わかりました。ごくろう様です」

勝手口があいていたからおれが易々と侵入できたのだ。親切そうな警官が念のため、などと言って勝手口に回らないようにおれは祈った。そこにはおれの泥まみれのスニーカーがまだ履きすてられたままだ。警官が家の裏手に回らないかどうか、ガラスのむこうの動きで様子を見た。警官は今日、そこまでの見回りはしないようだった。

おれは目立たないように移動し、居間の隅、電話に近いところで両膝を抱えてじっとしている姿勢をとり、電話が鳴ったとき、どうするのが一番いいのか考えていた。おれが最初にでるのは相手に不信感を持たせるだけでまずかった。けれどそれをかけてきた相手がオリーブで、老婆が先に電話をとったときオリーブはなんと言うか。老婆はそれにどう対応するか見当がつかなかった。その時間や双方のタイミングによるだろう、と思った。

暗くならないと頬こけは動きださない、というふうに決めることにした。でかける前に頬こけはオリーブの店で何か食うか、ハンバーガーのようなものを買って持っていくか、のどちらかの行動をかならずとる、ということにおれは賭けていた。オリーブと頬こけのあいだにはむかし何か面倒なことがあって頬こけはオリーブの部屋にはこないが、店にはしばしば寄っている、と彼女は言っていたのだし。

それからまた長く落ちつかない時間がすぎていった。そのあたりで老婆はなにか深く思いあぐねるようなことがあるらしく、殆ど黙ったまま自分の仕事のあれやこれやに集中しているようだった。

だいぶ夕刻近くなったときに家の前に車のとまる音がした。おれは瞬間的にたちあがり、居間の端のほうに行く。ガラス戸の一番上の素通しになったところから外の様子が見えるのだ。家の前にワゴン車がとまっていた。すぐに黄色い合羽をつけた女が出てきた。道はクルマ一台しか通れない幅だ。

玄関の呼び鈴が鳴り、おれは決断しかねていた。このまま勝手口に回ってすぐ外に逃げる、という方法があったが、けれどいま来た女の用件が何なのか聞いておくのも大事な気がした。

老婆が玄関の内鍵をあけると、とたんに家中にひびきわたるような声で「こんにちはあ雨続きでおばあちゃんお困りでしょう」

三〇代ぐらいの女の声だ。

「今日は木曜日だからお買い物とお届け物の日ですよ」

「まあよしえさんいつもすいませんねえ」老婆は慣れた応対でもう用意してある買い物リストのようなものを渡しているようだ。

「ほかになにか困っていること、変わったことなどありませんか」

よしえさんは快活に言った。

引き戸の上のガラス窓から玄関先にとめられたワゴン車の横に「介護◯◯巡回」という文字が斜めに見えた。介護と巡回のあいだに立木があって文字を塞いでいる。よしえさんからそう言われて老婆がよしえさんのほうにもっと近づいていくのがおれの隠れているところから見えた。

老婆は小声で何か言い、女が「まあ……」と絶句するような調子で応えた。それからさらに小声の会話が続いた。認知症というのはこっちがそうではないかと勝手に見当をつけているだけで、歳相応に相当賢い対応をしているのかもしれない。そうだとしたらこの女がどこかへ戻っていったあとが危ない。けれどとんでもない危機はもうひとつやってきた。おれと三メートルほど離れたところにある居間の電話が鳴ったのだ。おれはいきなりいくつもの破壊的決断を促されていた。老婆が居間に入ってきて、きわめて普通のしぐさで受話器をとった。

「はい、内藤ですが」

電話のむこうが何か言っていた。

「えっと、なんの御用といいましたっけ?」

「おばあちゃん、後ろからクルマがきちゃったの。じゃああたしこれで」

玄関から大きな声。窓から覗《のぞ》くとなるほどくすんだ灰色の小型トラックがワゴン車の後ろにとまっていた。

「ちょっとお待ちくださいましな。歳とってきて耳が遠くなりましてね」

老婆はいま一瞬のうちにおきてしまったあれやこれやを手際よくかたづけることがうまくできないようだった。

「ヒデヒコさん、この電話の用件、なにか聞いておいてくださいな」

老婆がおれを手招きし、受話器をよこした。

「もしもし、あのそちらに……」

耳をあてたむこうに電話では意外に低く聞こえる落ちついたオリーブの声がした。

高速道路を人間が歩くのは禁じられている。おれの探している「左側に湾曲したきついカーブのあるところ」はかなり盛り土したらしい土手になっているので、ガードレールの外側、おれの頭がギリギリ道路に出るあたりを選んで一番効果的なポイントを歩いた。草つきの斜面は歩きにくいがところどころにある背の高い木がおれを隠してくれていた。まだ二つの車線には断続的にクルマが流れていた。四、五台がつながっていくとしばらく途絶える。その合間に道路の上に低い姿勢でのしあがり、道路の路面状態を調べた。

きつい湾曲があって水がそこそこ広範囲にたまっているところをおれは捜している。ずっと降り続いている雨だったし、このくらいの地方道路になると傾斜角度の測量も雑になるのか水はけ整備はいいかげんなようだった。

理想的なところを見つけるまで小一時間ほどかかったがそのくらいで見つけられたのはいい兆候だった。あの町からおとなしくきてここまで二時間。心理としては峠を越えて平坦な道をかなり走り、小便をしたくなったり一服つけたくなったあたりにあのネズミ小娘のいるサービスエリアがある。頻こけはそこに寄るはずだった。

おれは双方向の自動車がしばらくとぎれるタイミングをみては何度もポイントになりそうなカーブを歩いた。水はカーブに沿って理想的な量にたまったままだった。

おれの隠れる場所は一番最後に決めた。ちょっときついカーブがはじまって少し進んだあたりの葉の繁《しげ》った雑木が並んでいるところだ。そこからだとカーブの先からやってくるクルマのヘッドライトがしばらく正面から観察できる。緩いカーブに入ってきたところでそのクルマが少し斜めから見える筈だった。それから斜面をかけ登っても余裕で間に合う。

ガードレールは八〇センチはあったから一気にその上に飛び乗るのはむずかしい。なにしろ下からの跳躍だ。プロの短距離走者にだってむずかしい。

このあたりの様子が運転手からどのくらい視認できるか、自分で運転してみないとわからないところだが、もうこの時間になるとあのカエルのクルマを引っ張りだして試してみる余裕はなかった。

おれはめざすクルマが確認できたら、すぐにこのガードレールまで走って八〇センチのそれを乗り越え、道端にうずくまっていることにした。雨に濡れてぐしゃぐしゃになったちょっと大きな犬ぐらいにだ。

オリーブの情報がモノをいった。頬こけはデカヘルのヒゲトシの軽トラックでこっちにむかっているのだ。おれの予想していたとおりだった。あの軽トラで一悶着《ひともんちゃく》あったときおれは最後にキイを抜いた記憶があるのだが、たとえそうしても軽トラのバッテリーを直結させてエンジンを始動させるなど頬こけやヒゲトシにとって簡単なことだろう。

頬こけにはいま金がかなりあるから中古の車ぐらいすぐに買える筈だったが、中古といえども買うときはいろんな書類への記入があったり免許証も必要なはずだ。免許証も住所もない筈の頬こけには面倒なことがいっぱいある。レンタカーも同じ理由で難しいだろう。誰か協力者が必要だ。結局多少馬力に難はあるけれどヒゲトシの軽トラだったら一番問題なくすぐに使える。問題は誰に運転させてくるかだ。

「運転してるのは誰かわかった?」

おれはあのとき老婆の家の電話でオリーブにそう聞いた。

「さあ、どうだったか。店に来たのはあいつ一人だったわ。ちょっと腹のたしになるものを、とだけ言って昼に作ったサンドイッチを持っていったわ。残りもので作ったからあの量は一人前ぐらいしかなかったけれどね」

ヒデヒコの写真を立ててある仏壇の下の引き出しにあった時計は古いネジまわし式のものだった。でもそのほうが、すぐにキチンと動いてくれる。電池式のギラギラした金属時計など時間をへてしまってリチウム電池が切れてしまえば、いまのおれにとって屑《くず》同然だった。ネジ式の時計で時間をはかる。軽トラのスピードと、奴の途中の行動によって、ここらに走ってくる想定時間には一時間ぐらいの誤差はあるだろう。正確にちゃんとこの先のランプで降りるように、とにかくここまで走ってこい、というのが最大の願いだった。

おれはカーブにさしかかる前の見通しのいい位置にうずくまってまばらにやってくるクルマを監視し続けていた。オリーブの部屋から持ってきた強い酒の小瓶はジーンズの尻のポケットにおさまっている。胸ポケットからビニール袋に入れたエベナを四錠そのクレゾール酒で飲んだ。これを飲むと確実に神経が鋭くなる。それと同時に動作も敏《びん》捷《しょう》になっていくような気がした。

やや濃い雨は夜がすすんでいくにつれてあたりをさらに深い闇に閉ざしていったが、ほぼ正面からすっ飛んでくるヘッドライトの光の強さがそのぶん増してきているように感じた。それもエベナによるものかもしれない。長いことそうして見ているとかなり遠くからでもヘッドライトだけでそのクルマの種類が概《おおむ》ね判断できるようになっていた。

トラックとバスとの違いはマンガみたいにはっきりわかる。ワゴンとセダンの差もライトの高さではっきり区別できた。そいつらが撥《は》ね飛ばしていく道路の水によっておれはさらに全身くまなく水浸しになっていた。最初の頃は灰色の合羽の上着だけ両手に持ってそういう大量のはね水を避けようとしていたがじきに無駄なこととわかってきた。腕時計の針を雨のなかでなんとか見定めた。おれが予想している時間よりもだいぶ経過していた。軽トラの小さな車輪ではこの悪路と距離は少々きついのかもしれない。ネズミの小娘のいるサービスエリアで長い休憩をとっている可能性もあった。ぼんやりして奴のクルマの通過を見逃してしまった、という最悪のことも、おれの体の疲労感からするとあり得るような気がした。そうなると、次のおれの行動はどうなるのだろうか。おれの知らないうちに面倒くさい敵がおれの居場所に侵入してくるのだ。奴は手ごわい。それに金もあるから行動力も大きいだろう。

さらに何台かのいろんな種類のクルマによる大量の水しぶきをあびているうちに正面からあきらかに変わったライトの小さなクルマがやってくるのが見えた。おれの頭のなかの期待が雨でマボロシを作っているのではないようだった。小さなクルマのくせにいやにその周囲がほの明るい。フロントまわりもヘッドライトのほかになにかいろんな色の装飾ランプをつけているように見える。電気オタクのヒゲトシのバカ派手グルマがついにやってきたのだ。

小さなくせに結構なスピードを出しているようだった。おれは躊躇《ちゅうちょ》せず決めていたカーブポイントに走った。斜面を斜めに走り上がり、背後を見て軽トラとの距離をはかり、ガードレールを越えて道端にうずくまった。ヒゲトシの軽トラよりもいくらか先にやってきているセダンをやりすごし、その次は獲物だった。

エンジン音が聞こえるところでクルマをはっきり見きわめ、おれはいきなり走った。ガードレールから中央分離帯までの一車線ぶんの横断だ。ギリギリ一〇メートルぐらいの直前だった筈だ。けたたましいブレーキ音がはじけ、計算したとおり奴はおれの横切った方向とは逆のガードレール側にハンドルを切ったようだった。ハンドルを円弧の外側にむけながらブレーキをかけたようだから奴のクルマはすべての制御を失ってそのままのスピードでガードレールにぶつかっていった。あそこらの長い水たまりがハイドロプレーン現象をひきおこし、奴の小さなクルマの摩擦能力をすべて奪ったのだ。ガードレールは全長二メートルほどの高さがあるというから道路下の土の中には最短でも一メートルほどは打ち込んである筈だ。トラックなどだったらそのままガードレールをへし折るなりぶち破るなりして道路下に落ちていくだろうが、ヒゲトシの軽いトラックは違った。ガードレールに車体をぶつけると金属と金属が擦《こす》れる悲鳴のような音をたててそのまま一回転し、見事な速さで道の下に落ちていった。

でんぐりがえしだ。

中央分離帯にへたりこんだまま、おれはほとんど瞬間的なそのありさまをちゃんと見とどけていた。

頬こけのでんぐりがえしだ。

同じ方向や対向車線に他のクルマは見えなかった。おれはまた道路を走って横切り、ガードレールの先の軽トラが逆さになって落ちていった急な斜面にむかって降りていった。

草つきの斜面も深い闇になっていたがそれでも二〇メートルほど斜め下に白いヒゲトシの軽トラが見えた。そこにいたる斜面は斜めに小さな木がなぎ倒され、そのなかには引きちぎられて土や根らしきものが見えているのもあった。

面白いことに逆さになって空中を飛びながら軽トラはまたもう一回転したようだった。とまっている軽トラは逆さではなくまた車輪を下にして太い立木にぶつかり、斜めになって静止していた。エンジンはまだ動いていて土に接触していない後部車輪のひとつが回転している。

少し離れたところに白いものが見えた。軽トラのドアがまるごと外れて吹っ飛んでいるのだ。剥《む》き出しになった運転席に頬こけがいた。衝撃で頬こけの座っていた運転席が前方に迫《せ》り出し、頬こけの腰や足などがクルマの前部鉄板にぎっちり挟まっている。フロントガラスが粉々に破れ、立木の枝がそこから運転席の方向に何本か突き出ていた。

動けない頬こけはそのままにして同乗者を捜した。しかし助手席のドアは閉まったまだし、まわりに誰かもうひとりいる気配はなかった。驚いたことに頬こけは自分で運転してきたようなのだ。免許証があるのに隠していたか、失効しているのに運転してきたのか、のどちらかだろう。

頬こけにそこらを聞きたいところだった。ほかにも知りたいことはいろいろある。頬こけは生きて呼吸をしているようだった。しかし奴はさっきとまったく同じ姿勢だった。指すらも動かすことができないらしい。腰や足が固定されてしまっただけでなくハンドルが胸に食い込んでいる。よくみると立木から突き出した枝の一本が頬こけの首の横あたりを突き刺していた。そこからすでに大量の血が噴き出しているようだが、強い雨にどんどん流れているからなのか見たかんじそんなにむごたらしくはなかった。

動かない頬こけはギロリと眼をむき、なにか言ったような気がしたが、頬こけの息が喉のあたりで漏れているようで、激しい雨の音のなかでは何を言っているのかわからなかった。

「ようこそ。コンバンワ」

おれは頬こけのなさけない顔にむかって少し笑いながら言った。

頬こけがまたなにか言ったようだがやっぱり何を言ったのか聞き取れなかった。

「金はどうした。持ってきたのか？」

おれは頬こけの耳元に口をあてそこだけ大きな声で言った。

頬こけの唇が少し動いたような気がした。両眼があいているので少しは意識がありそうに思えたが、頬こけにはもう何も見えていないのかもしれなかった。

おれは頬こけから話を聞くのをあきらめ、軽トラックの運転席と荷台をよく調べた。助手席に小さなビニールバッグがあったのでそれを引きずり出した。期待はすぐに消えた。いたって軽く、奴に奪われた大金がそこに入っているとはとうてい思えなかった。その横に頬こけのレインコートらしきものがあった。手でさぐるとかなり硬い革の財布のようなものに触れた。

頬こけはまだ眼をあけていたが、もうマバタキをしていないことに気がついた。まとまった金をまったく持ってこなかった、ということは頬こけはおれからエベナを買う、というつもりはハナからなく、ただでエベナだけを強奪していく、と考えていたのだろう。

おれは頬こけのレインコートを着て斜面の下の、あのバーに続く道を歩きだしたが、数歩で考えなおし、逆方向にむかった。三〇分も歩けば走り屋のカクレガに着く。レインコート以外は水からあがったばかりみたいにびしょ濡れだったが、体中から噴き出ているアドレナリンが冷たさや寒さを感じさせなかった。頬こけはまとまったカネをまったく持ってこなかった。それはあたりまえだろう。

その金を捜しにまたあの海辺の町に行くおれの希望の仕事がこれで膨らんでくるというものだ。オリーブにもちゃんと約束の礼金を払わねばならないし。

一〇分ほど歩くと、左足が痛いことに気がついた。いまの騒動でどこかを傷つけたのだろうがたいしたことはないようだ。

高速道路をサイレンが突っ走っていく。歩きながら頬こけのレインコートのポケットの中にあった硬い革の財布らしきものを調べてみた。一万円札が一枚と一〇〇〇円札が数枚。カードのたぐいは何もなかった。クレジットカードも、やはり運転免許証も。

奴のズボンやシャツのポケットなどをもっと調べておくべきだったかもしれない。戻ってそうしようかと思ったが、いま高速道路をすっ飛んでいったサイレンが、あのあたりでとまったような気もする。

金だけシャツのポケットにいれてカラっぽのバカみたいに立派なサイフを土手の草むらのなかに放り投げた。

それから頬こけの持っていたビニールバッグをあけた。紙包みがあってやわらかいものが手に触れた。それがなんであるか、すぐにわかった。オリーブが残り食材で作ったかなりインチキなサンドイッチだ。

解説

澤田康彦

雨の日に「おれ」がたどりついたチンケな町。くたびれたバーに入って、カウンターに腰掛ける。まるで西部劇のようだ。来なきゃいいのにやってきて、必ずトラブルが待ち受ける異世界。

「おれ」はここに来る前にカントリーウエスタン「ホンキイトンクメン」をがなっていた、と物語る。いよいよ西部劇で、ついでにいうと「Honkytonk Man」なら邦題『センチメンタル・アドベンチャー』、クリント・イーストウッドのいにしえのせつないロードムービーでもある。

語り手の「おれ」が誰なのかはわからない。なぜこの町に来たのかも。読み進めるうちに、用は何もなくて「一番やりたいのはクルマを盗むことで、それに乗ってもう少し何かいいコトがありそうな山のむこうの隣町なんかに行ってみること」だとわかる。のんきで身勝手な悪党のようだが、わかったところで、それが物語の理解に役立つ情報にはならない。

この町がどこなのかも明示されない。わかるのは、海があり山があること。廃棄遊園地があること。ろくでもなさそうなのがぞろりいることくらい。「おれ」は、とある男の行方を追っている。その少し前、ピックアップトラックを運転していた高速道路で、突如何者かが飛び出してきて急ブレーキ、多重衝突を引き起こした。その原因を作った男を探しているのだ。捕まえてどうするのだろう？　一発殴りたいのかな？（シーナマコトっぽいな）

章を追ううちに、そのピックアップは盗んだものであることがわかる。さらには頰のこけた男に金目のものがあるとそそのかされた事務所のロッカー、荷台に積み込んだそれからは死体が飛び出してきて、ではそいつを殺したのは？……時間は過去に飛んだり、急に現在に戻ったりと、スタンリー・キューブリックの『現金《げんなま》に体を張れ』やクエンティン・タランティーノの『レザボア・ドッグス』のように時系列が破壊されていて、簡単には把握できない。物語の全体像を見るためには、結局のところ全編を読んでから、さらにもう一度読み直して、時の流れと人間関係を整理してみないと、なるほどとはいかないだろう。

「おれ」は違法ドラッグ、エベナの常用者。アルコールでこれを飲んで、夢ともうつつともわからぬ世界をさまよっているわけだが、本書全体がまるでそのエベナの影響下にあるよう。すなわち読む者も気づけば服用させられているわけである。気をつけろ。

エベナは、実在の薬物だそうで、著者はインタビューでこう語っている。
「チリのアタカマ高地を旅したときに聞いたんです。毒でもあり薬でもある、樹木と土を混ぜるハーブの一種で。調べたら、中毒になるとLSD系の幻覚がくるらしい。おれはやったことないから、LSD経験者に取材したんだけど、すべてが複雑に歪《ゆが》んで絡み合い、スピード感が常人と違って見えるんだと思う。取材しなきゃこんなバカな話書けないからね（笑い）」（「日刊ゲンダイDIGITAL」二〇一五・一・八）
ちなみに椎名作品では、エベナは同じ『文學界《ぶんがくかい》』で連載され一冊となった『ひとつ目女』（二〇〇八）の中に既に登場している。このドラッグが新たなモチーフとなってスピンオフ、これをとりまく怪しい人間模様が描かれた。SFではなくハードボイルドとして結実したのだ。
さらにちなみに、そのひとつ目女というキャラクター自体は、椎名の初期SF三部作の一つ『武装島田倉庫』（一九九〇）中に登場しており、そうやっていわゆるシーナワールドが広がっていくのを鳥瞰《ちょうかん》するのは楽しみの一つである。『EVENA　エベナ』の世界にだって、ひょっとしたら海の向こうに「北政府」がでんと存在するのかもしれない、そんな気さえする（集英社文庫の『椎名誠［北政府］コレクション』、おすすめ）。

それにしてもよく降る雨だ。

「この町の記憶は夜ばかり。そしていつも雨が降っている」。全編を打ち続ける雨。その町のバーの、古い壊れかけたネオン看板がチカチカ明滅し続けている、そんな世界。「漏れた電気がときどき竜の舌みたいにチリチリ跳ねて踊っていた」と椎名は書く。かつてのSF『水域』（一九九〇）はたっぷりの水世界であったけれど、こちらは雨雨雨。極めて高湿度で、「夜の空気はすでに湿気をいっぱい含んで膨満していたが、店をでる頃にはついに水分をためきれなくなったように細かい雨を降らせていた」。

その雨は（著者の愛する）『ブレードランナー』の雨かもしれない。有機物にも無機物にも等しく打ちつけ、等しく朽ちさせる酸性雨（ああ、あの映画の設定は二〇一九年であり、人類はもうその年を過ぎてしまった！）。

この小説では、とても重要な舞台、滑稽さや恐怖、詩情を高める装置として、廃棄遊園地が登場するのだが、こんな描写がある。

「頬こけは、金属も腐敗していくことを知っていた。（中略）長く放置したあらゆる食い物と同じように、外側と内側から同時にじわじわ溶解度を増していってやがてはこの世界から全部消滅してしまうことがあるのを」

頬こけは、相棒の鼻曲げにこう言われる。「確かにここにある多くの鉄がやがてみんな疲弊して腐って崩壊していくだろうけれど、そんな気持ちでいるとあんたもやがてそれと同じだ。あの廃棄遊園地みたいにあんたも腐っていく。生き腐れというやつだよ」

生き腐れ。忘れていたが、こわい言葉だ。そう瞬間感じたけれど、本書のキーパーソンの一人、頬こけはこう思う。「生き腐れもいい」。カッコいいな。

この雨はあるいは——椎名は見ているだろうか——『トラブル・イン・マインド』の雨かもしれない。レインシティという雨の止《や》まない架空の町にたゆたうキャメラ。降る雨の中、いわくありげな曲者《くせもの》たちが交錯するハードボイルド作品で、あの映画の監督はアラン・ルドルフ……その彼はロバート・アルトマン映画の助監督出身であり……師匠のアルトマンは『ロング・グッドバイ』を撮った監督で……椎名はこれを溺愛していたと記憶する。この映画もまたいわくつきの人間たちが右往左往しからみ合う、その様をキャメラがひとときも静止することなくゆらゆら酔ったように記録したような娯楽作品。レイモンド・チャンドラー原作の持つ抒情《じょじょう》をいったん消して、探偵以下ひょうひょうとしたおとぼけテイストに組み変えられている。ドタバタシーンも随所にちりばめ、主人公がどこに向かうのかさえなかなか予想の立たない不思議のハードボイルドとなった。

というより、優れたハードボイルド映画・小説のことごとくは、それなのであった。事件のトリックはおろか、謎ときも興味の対象外となってしまう。どころか事件の全容、ストーリーの構造自体が把握しづらいのだ。むしろ重視されるのは、人と人とのぶつかり合い、だまし合い、混沌《こんとん》のさまだ。ハワード・ホークス『三つ数えろ』（原作チャンドラー）、ジョン・ヒューストン『マルタの鷹《たか》』（原作ダシール・ハメット）、ロバート・アルドリッチ『キッスで殺せ！』（原作ミッキー・スピレイン）……を見よ。誰かあれらの物語の構造を説明してくれたまえ。

ある日突然（椎名自身の面構え、佇《たたず》まいのように）ぶっきらぼうにやってきた小説『ＥＶＥＮＡ』に触れたとき、正統的ハードボイルド作品だと思った。即座にこういった端正な古典を想起させられたのだ。つまり映画を見るように、画《え》を見て、セリフを耳にしながら読み進めたのであった。探偵も拳銃も出てこないけれど、本作は実にガチガチの固ゆで玉子なのだ。

主人公はどこになんのために向かうのか？　そもそも謎を解く気があるのか？　女と寝るのか寝ないのか？　殴るのか殴られるのか？　儲《もう》かるのか損するのか？　先のまるで見えないストーリーテリング。振り返ればあの古典たちも、有名主人公たちも、それぞれ相当にぶっきらぼうでわがままなあり方であった。

本書のさえない男たちのやりとり、バカさ加減はいつまでも眺めていたい。細部にこだわり、大局の見えない、欲にまみれ、すぐに感情を露《あら》わにする、可笑《おか》しな人間たちを。物語の結論なんてどうでもよくなっていく。

「出てくる人物たちも全員どこかアブノーマルであり変人を通り越した狂気性を持ったキャラクター、そして誰もがみんなありふれた言葉でいえばワルモノであるということに、登場人物を動かす作者としては魅力を感じていた」。椎名はホームページ「旅する文学館」の「自著を語る」でそう書いている。

キャラクターがいい。設定、ネーミングの的確さは椎名作品に共通して指摘されるべき美点だろう。頬こけ、鼻曲げ、走り屋、デカヘル男、オリーブ……。鼻曲げの名の由来など（ここでは書かぬが）、声を出して笑ってしまった。今度著者に会うときにモデルがいるのか聞いてみたい。「実際にいるんだよ」って言いそうな気がしてこわいな。

そんな「おれ」や彼ら彼女らが各章をぐるぐると巡り、交錯する。一人称と三人称の混用も大きな効果を生んでいる。大別すると、「おれ」が語る一人称パートと「おれ」以外を語る三人称パート。その手法により読む者を神の視点に座らせ、独特のサスペンスの醸成に成功した。一人称の「おれ」に見えていないものを読者は見ることができるのだ。「おれ」よ、廃棄遊園地の物陰には誰かがいるぞ！

椎名は、本作の情報ソースはホームレスとも明かしている。

「おれ、ホームレスとよく間違えられるんだよね。普段ヨレヨレの服着て、日に焼けて黒いし、髪が長いとちょうどストライクゾーンなのよ、ホームレス的に（笑い）。東京駅でも成田空港でも間違われたし、広島ではガラ出し（解体後の破片を集める作業）にスカウトされて。『アンタ体は頑丈そうだね』って。弁当込みで1日7500円だって。間違えられてちょっと悔しいときもあるけど、そのときはうれしかったな」「彼らの生き方には都会人がうらやましいと思うことがいっぱいありますよ。冷えた缶ビール1ダースで身の上を話してくれてね。元ジャズメンでLSD中毒者は、牛の糞《ふん》に生えるキノコに幻覚作用があると教えてくれたり。取材の努力に報いてくれる。それがこうして小説にもなるんだから、世の中って面白いよね」(「日刊ゲンダイDIGITAL」同前)

本当に面白い。作中で、デカヘル男のヒゲトシは「おれ」にこう教えてくれる。「このあたりはさ、海浜ホームレスが沢山自分の巣を作ってる」「ブルーシートや漁網とか大きな浮きのカタマリがあるところなんかがそれだ。カタマリのところは中に人間がいることが多い。カタツムリみたいにだ」

「おれ」はこう語る。「疎林の中には夜目でもそれとわかるくらいの道筋がついていて思ったよりも歩き易《やす》かった。痩せた男の言う海浜ホームレスが作った自然の道なのかもしれない。『けもの道』というのがあるから『ホームレス道』といってもいいかもしれないな」

絵空事ではない、本物のルポルタージュのようではないか。

世のハードボイルド作品のほとんどの舞台は都会であり、登場人物は金持ちや美女、マフィアたちである。『EVENA』はじめ椎名作品にはそういったものがない。全然ない。作者はそれらに何ら魅力を感じていないのだ。一線を画すのはそこだろう。それはシーナワールドにおける矜持《きょうじ》のようだ。

舞台はなんともさえない町で、雨ばかり降る。大富豪もエリートもアスリートもモデルも出てこない。現れるどいつもこいつもホームレスのような姿（おお「怪しい探検隊」の面々のようだね）。けれど一人一人、強烈な個性がある。

シーナキャメラはそこにぐっと寄るのだ。山の手の人間はおんなじ姿で退屈なものだが、地面で生きる人間たちはそうではない。人の生の姿はそこにあるのだ、と。作者もまるでエベナをやったかのような酔っ払いキャメラ。気まぐれに、わがままに、思いつきで、ゆらゆら動いて、こうつぶやく。

「生き腐れもいい」

（さわだ・やすひこ　編集者／エッセイスト）

初出誌◆「文學界」二〇一二年十月号～二〇一四年八月号
（「コロセウム」は単行本書き下ろし）

本書は二〇一五年一月、文藝春秋より刊行されました。

集英社文庫

EVENA エベナ

2020年11月25日　第1刷　　定価はカバーに表示してあります。

著　者　椎名《しいな》　誠《まこと》

発行者　徳永　真

発行所　株式会社　集英社
東京都千代田区一ツ橋2-5-10　〒101-8050
電話　【編集部】03-3230-6095
【読者係】03-3230-6080
【販売部】03-3230-6393（書店専用）

印　刷　大日本印刷株式会社

製　本　大日本印刷株式会社

フォーマットデザイン　アリヤマデザインストア　　マークデザイン　居山浩二

ISBN978-4-08-744176-5 C0193